チャレンジ介護士篇

いのくま あつし

東京図書出版

はじめまして。いのくまあつしです。介護の仕事を始めて8年になります。この間に、私が経験したこと、考えたこと、学んだことを物語（フィクション）にしました。私のことでも、他の誰かのことでもないけれど、誰かが経験していること、誰かが考えていることを一つのストーリーとして取り上げています。

チャレンジ　介護士篇　【目次】

1　プロローグ

海野は芝生に寝そべって空を眺めている。遠く突き抜けるような青空を見上げている。風もない、静かな空。何も求められない自分だけの世界が広がっていた。鳥が空を横切っていく。視界の外でバタバタというヘリコプターのプロペラの音が聞こえた。暖かい日差しに包まれて、空に吸い込まれていくような感覚さえある。無限に続く透明な空間がそこにあった。

海野は、慌ただしさを離れ、草の香りのする大地に寝そべり、地球に体重を預けている。目を閉じるとどこからともなく女神のささやきが聞こえてきそうな午後だった。祝福の言葉か、それとも、後悔と苦悩の忠告か。何かが聞こえてきそうだった。海野は静かに耳の奥が震えるのを待った。何も聞こえてはこなかった。

海野には女神のささやきに運命を任せるだけの心の余裕も覚悟もなかった。自分の人生は自分で切り拓いていかなければならないと思っている。

「成功とは何だろう?」

海野は一度は「成功」と呼ばれるものをつかんでみたいと思う。それは、もがいてつかめるようなものではないのかもしれない。金、地位、名誉、権力。なくても別に構わないが、それらはあって邪魔になるものではないのだろう。人生に別の新しい景色があるなら見てみたい。

リサのことがふと気になった。海野の三つ年下のガールフレンドである。昨日の夜、電話で話した時は、今日は「友達と買い物に行く」と言っていた。今、リサは何をしているだろうか。携帯に電話すれば分かることだが、頭の中のＧＰＳでリサを探してみた。リサの家の近くの街並みが目に浮かびリサとよく行く繁華街の雑踏のざわめきも聞こえてくる。無邪気な笑顔が海野に話しかけてくるようだった。リサとは日曜日の研修の後に会う約束をしていた。

夕方を告げるチャイムが風に乗って聞こえてきた。

「そろそろ、帰るか」

明日は少し早く会社に行って、利用者のファイルに目を通そう。何時も笑顔のおじいちゃん。子どものようで可愛いおばあちゃん。気むずかしくてすぐに手の出るおじいちゃん。トイレに行ってばかりのおばあちゃん。みんな家族のようで、海野の日常になくてはならない存在になってきているように思えた。

他にやりたい仕事、他の誰にもできない、自分にしかできない仕事があるなら、海野は何時でも今の仕事を辞めて良いと思っている。それでも、おじいちゃんとおばあちゃん達の笑顔が見られなくなってしまうことと、何気ない、それでいて心に響く「ありがとう」という言葉が聞けなくなることが心残りになるかもしれない。何の当てもない今、別の仕事を探す意欲は海野にはなかった。とりあえずというか、見渡す限りにおいて、海野は今の生活に満足している。今の生活に不自由はなく、心地良かった。

人手不足でも、代わりの人材はいるだろう。職場のローテーションの中に組み込まれようとしている海野には、何かに縛られるようで、何かに支えられているような安心感があった。勤務から外れれば誰かが埋めてくれる。それでも誰かが少しは困るだろう。

海野は、このまま進むしかないと思っている。何か新しい風景が見えてくるまで。

2　海野総一

名前は、海野総一。海野は、病院で技師をしている父と事務員の母の間に生まれた。3歳年下の妹がいる。海野は几帳面な父と大雑把で感情的な母の愛情を受けて育った。共働きの両親のおかげで、裕福という程ではなかったが、両親が仕事の時に親戚の家などに預けられていた以外、特に不自由なく幼少期を過ごした。海野が中学生の時に父親が投資に失敗して、海野の両親は大喧嘩をした。海野の父は母に内緒で投資話に手を出して、その損失を埋めるために貯金を使い込んでしまった。父母は離婚はしなかったが、海野はこの時の父母の言い争いが忘れられない。

高校に進学すると海野は英語に興味を持った。英語の成績だけは良かった。高校卒業後に渡米して、アメリカの大学進学を目指した。語学学校での勉強を経て西海岸にある短期大学に入学した。そして短大を卒業して東海岸にある大学に編入した。海野は、将来、実業家になりたいと思っていた。父母の勤める病院は赤字経営が続いていて、海野は父母の仕事がなくなるかもしれないと聞かされていた。海野は、大きな組織の中に埋もれて働くよりも、一人の実業家として独立して働きたいと思っていた。海野は3年次に編入した大学で、経済学や経営学の専門科目を多く履修した。学生寮と大学と図書館を行き来する生活を1年続けた。週末にクラスメイトの家で開かれるパーティに出席することもあったが、関心のある起業家の自伝などを図書館で借りてむさぼるように読んだ。会計やファイナンスは、数字が中心なので言葉の壁はほとんどなく、海野にとって得意な科目だった。

そして、海野は、ほとんど勉強漬けの1年の後、秋からの新学期を前に大学をやめた。アメリカの大学の学費は高い。それでも父母に頼めばもう1年、卒業するまでの学費も生活費も出してもらえただろう。海野は、現実との関係が上手くつかめない勉強をすることに疲れてしまった。必要な勉強はしたという充足感もあった。それ以上大学にとどまることは金と時間の浪費に思えた。

海野が西海岸の短大の頃に仲の良かったアジア系の友人が、投資会社に就職していた。海野は、夏休みにその友人の紹介で友人の働く投資会社で調査の仕事を手伝った。昔、投資に失敗した父のようにはなりたくない、自分は成功したいという思いが海野の中にあった。その投資会社の仕事にのめり込んだことも大学を中退した理由だった。海野は、大学中退後も東海岸にとどまって企業調査などの仕事に関わった。日本語の情報を英語に訳す仕事が多かったが、海野には大学で学んだ知識を活かして、刻一刻と変化する市場経済や個人の意思では動かせないような企業組織の経営に肌で接している感覚がとても刺激的で、日々が充実していた。

　その投資会社が日本にオフィスを開設するというので、海野は日本に帰国して日本のオフィスで働くことになった。

　海野は投資の仕事に没頭した。投資価値を分析して投資判断を示した。投資が成功して、個人では決して稼げないような莫大な利益が出ることがあった。また、市場が下落しても高値で売って安値で買い戻すことで儲けることができた。海野は、同年代の平均よりも良い給料をもらっていた。海野は親元を離れて借りたマンションに住んでいた。海野は仕事と趣味や遊びを分けて楽しむのではなく、仕事が趣味であり、遊びになっていた。そんな仕事中心の生活によって自然に貯金も貯まった。日本オフィスの仕事が軌道に乗る頃に世界的な金融危機が訪れた。それでも早期に投資資産を売却して現金化していた海野の関わる投資は大きな損失を免れた。

3　金融街からの新たな道

海野が働く日本オフィスの損失は限られたが、アメリカの本部を中心とする世界的な損失は大きかった。そのため海野の会社は開設してからまだ数年の日本のオフィスを閉鎖することになった。海野は、再びアメリカの本部で働くように誘われたが、日本オフィスの他のメンバーと日系企業に移籍することにした。日本に帰ってくると今度は日本から離れられなくなった。

市場の環境が良い時は楽観して有頂天になるが、悪い時は絶望に沈む。遠くから眺めれば、人が浮かれている時が天で、悲観に暮れる時が底になる。とても気まぐれな生き物を相手にしているようだった。海野は仮想空間で戦う知的格闘技のような仕事が一段落したように感じていた。

海野には起業するのに十分な資金があった。それでも、特にやりたいことが思いつかない。起業のアイデアはいくつも思い浮かんだ。簡単な事業計画書も書くことはできた。しかし、本当にその仕事を5年、10年と続けたいのかと自分と向き合った時に、答えは何時も「NO」だった。

海野は、本部の上司の引き止めを振り切るようにして会社を辞めた。海野は、日本オフィスの他のメンバーと日系の企業に移籍した。それでも、まだ20代半ばを過ぎたばかりの海野に与えられた仕事は単調な事務仕事だった。海野は前向きに仕事をするタイプである。単調な仕事でも、どうしたらもっと効率的に仕事をこなせるかを考えながら働いた。決して退屈ではなかった。それでもその会社の中に自分の居場所がないことを感じていた。そして些細なことで職場の同僚と口論になったことがきっかけになって会社を辞めることになった。

海野の会社はフレックスタイム制で、決まった時間に出社する必要はなかった。決まった時間までオフィスにいなければいけない決まりもなかった。お昼前後の時間に会社にいさえすれば、遅く会社に来て遅く帰ることも、早朝に出社して夕方前に退社することもできた。そんな比較的自由なサラリーマン生活を捨てて、海野は何にでも自由に使える時間を手にした。

それでも、海野の頭の中には砂時計が置かれていた。その砂は落ち続けていた。砂が落ち終わる前に進路を決めなければならないという切迫感が海野にはあった。働かず、毎月入ってくる収入がなければ、貯金を取り崩さなければならない。1、2年はお金に困らなくても、時間を浪費することに対する警戒感が強かった。大切な何かが毎秒失われていく感覚があった。

海野は、仕事で知り合った友人、留学時代の友人、高校や子どもの頃からの同級生など、気になる友人や知人に電話をかけた。思いつくままにメールも送った。都合がつけば、一緒にランチやお茶をした。海野はあまり酒を飲まないが、夕食を兼ねて居酒屋で酒を飲むこともあった。日中は、本屋で立ち読みをしたり、図書館で本を借りたりして、時間の隙間を埋めた。

海野は自分の進路を外的な要因と内的な要因に分けて考えてみた。外的な要因とは、人口の変化や社会の動きなどのことだ。海野が着目したのは、子どもが減って、高齢者が増えるという社会の流れだった。内的な要因は、結局のところ、自分は何をしたいのか、何ができるのかということだろう。英語の勉強をして、留学をして、投資会社の仕事でも英語をコミュニケーションの手段として使ってきた。英語力をそのまま活かすのが順当かもしれないが、海野はそうしたくなかった。誰かの考えを英語にしたり、自分の考えを英語で伝えたり、その手段として英語を使うのに少し疲れた。英語で話し、書くことを目的にするのではなく、その中心にある何を考え、何を伝えるのかをもっと深く掘り下げたかった。海野は、むしろ、英語を使わない仕事がしたかった。理性と感性に反して短期的な利益を求めて働くことは避けたかった。

4　ボランティア活動、介護と医療

海野は、アメリカに留学して、アメリカでは、お金を儲ける活動とボランティア活動が明確に切り離されていると感じた。お金を儲ける活動では、ひたすらに利益を追求するが、ボランティア活動では、見返りを求めず、文字通り身を捧げて仕える。日本では、働くことがそのまま奉仕活動でもあり、会社に自分の時間と忠誠を惜しまず捧げることに対して一定の対価が払われているようだ。時代は変わっても、日本人の価値観では、年功序列により定年退職するまで一つの会社に勤め、残業代を請求することなく朝早くから夜遅くまで、さらには休日も不平を言わずに働くことが美徳とされているようだ。

逆に言えば、アメリカでは、働いた対価としての十分な報酬が交渉によって得られるため、見返りを求めないボランティア活動が成り立つのではないか。海野はそんなふうに考えていた。そして、利益を追求する活動の対極にある利益を求めない活動、ボランティア活動に関心を持った。

そうは言っても、海野にとっては仕事が趣味であり遊びになっていたため、ボランティア活動をする時間は別としても、心の余裕はほとんどなかった。そんな中で、日本を大震災が襲い、大津波が多くの人の命と地域を飲み込んだ。海野にとっても、とてもショッキングな出来事だった。家族や身近な知り合いが震災の犠牲になることはなかったが、海野は初めて心から自分に何かできることがあればしたいと思った。そして被災地でボランティア募集があることを知って居ても立ってもいられなくなった。海野は、バスで被災地を訪れ、現地の災害ボランティアセンターを通してガレキかきの仕事をした。ガレキかきは、単調な仕事だった。土をかく同じ動作を決められた時間になるまで繰り返した。それでも、不思議と充実していた。命を落とした人々、大切な人々を失って傷ついている人々のことを思い浮かべながら、ひたすら同じ動作を繰り返した。それは、海野にとって、それまで経験したことのないような経験だった。自分の中にある痛みや悲しみを細かく刻んで土に埋め戻していくような作業だった。そんな活動で生計を立てられるのであれば、そんな生き方も良いのではないか。海野は、そう感じた。

日本では少子高齢化が進み、人口減少が始まっている。日本を含む先進国の多くでは今後人口の減少が見込まれる。一方で、医療技術の進歩や生活環境の改善によって平均寿命はのびている。戦後のベビーブームに生まれた、いわゆる団塊の世代がすべて75歳以上になる2025年には介護人材が数十万人不足するという。海野の両親は病院で働いていたので、海野は、医療や、漠然とではあるが、出身や家柄に関係なく健康で、文化的な生活が保障される福祉の仕事にも関心を持っていた。利益追求の典型とも言える投資や金融の仕事に関わってきた反動もあって、海野の関心は福祉の仕事に向かいやすかったのかもしれない。

心身の健康を損ねた高齢者などに対する介護、生活支援。子どもや仕事を求めている若い世代から中高年世代の生活を支援する仕事などは、海野の感性に直接訴えるものだった。仕事の意義ややりがいを感じた。

介護サービスに対するニーズは高い。質よりもサービスの量が十分に供給されていないのが実状のようだった。それは海野にとって両親や祖父母の世代を相手にする仕事だった。まだ若い海野には高齢者が具体的に何を必要としているのかはよく分からなかった。海野は父母両方の祖父母を、まだ海野が幼少の頃に病気で亡くしている。海野には祖父母が病床についていた時の記憶が残っている。まだ祖父母が元気な頃に、可愛がってもらった記憶もある。それでも、寝たきりになってしまった祖父母に対して自分が大人になった時に病気を治してあげたいというような問題意識を持たなかった。海野の祖父母は、50代、60代で比較的若くして亡くなった。遺伝による体質などはあるにしても、病気はその人の生活習慣が招くものであって、医療や科学技術で克服すべきものという感覚はあまりなかった。海野には、そういう技能がなかったのかもしれない。

海野が子どもの頃、父親が病気で入院して手術を受けた時でさえ、もし父親が病気で死んでしまったとしても、それは自分の運命であって仕方がないものという醒めた感覚が海野の中にあったのかもしれない。海野は、勉強が嫌いではなかった。勉強をすればテストで同級生よりも良い点を取ることができた。努力すれば、医者になることもできたかもしれない。それでも海野には、医者になりたいという意欲が決定的に欠けていた。

5　転職とガールフレンド

病院に勤める海野の両親は、海野を医者にすることを考えていたのだろう。それでも、海野は医者ではない両親の気質や才能を引き継いだのか、両親に反発したのか、医者にはなりたくないという意識があった。海野には、医療で病気や怪我を治すよりも健康を維持することやそんな働き方に関心があったのかもしれない。

海野は、会社を辞めて、しばらくは友人に会ったり本を読んだりすることが楽しかった。特別にしたい仕事はなかった。ビジネスプランを物語を書くように考えるのは楽しかったが、それを人生を賭けて実行してみようとは思わなかった。毎日会社に行く必要がなくなって数カ月が過ぎる頃、海野は、ネットの求人広告が気になった。求人情報があるというハローワークにも行ってみた。パソコンの求人一覧には中小企業の求人情報がずらりと並んでいた。自分のこだわりや定年まで一つの会社に勤めるつもりがないことを正直に話さなくて良いのなら、転職先が見つからないということはないだろうと海野は考えていた。

海野は、求人票の中に聞いたことのある会社の名前を見つけた。高校の同級生、と言っても仲が良かったわけではなく、となりのクラスで時々見かける程度の関係だったが、その同級生の母親が会社の社長をしているという話を友人から聞いたことがあった。海野はその会社の名前を覚えていた。

「ソレイユ・グループ」

高齢者施設を運営していて最近は福祉機器の販売やレンタル、給食事業、福祉人材の育成なども手掛けているグループ企業からなる会社だった。海野はその同級生と卒業以来会ったことも話したこともなかった。卒業名簿に住所と電話番号は書かれていたが、海野は直接連絡するほど親しくはなかった。直接採用面接を申し込んで不合格になるくらいであれば、どうしても働きたい会社ではなかった。

求人の条件は、海野にとって魅力だった。

「契約期間：6カ月」

会社との長期間の契約に縛られる必要はなかった。そして、その半年間で、介護の基礎研修を受けることができた。勤務先で働きながら、3カ月間の基礎研修を受けられるということだった。研修を受けている時間も勤務先の現場で働くのと同じ時給をもらえるという求人だった。勤務日数にもよるが、家賃と食費、そして海野の小遣いは賄うことができそうだった。

海野は、漠然と福祉という分野の、特に高齢者の介護の仕事に興味を持っていた。それがどんな仕事なのかは知らなかった。海野の両親はまだ健康で働いている。海野が幼少の頃に亡くなった祖父母は、病院に入院していたことがあったが、高齢者施設に入所するようなことはなかった。介護サービスを受けているわけでもなかった。祖父母の食事はもちろん、入浴や排泄の世話を一部、父母や父母の兄妹がしていて、介護の苦労はあったのだろうけれども、幼少だった海野の記憶には残っていなかった。

海野にとって介護の基礎を時給をもらいながら勉強できることは魅力だった。受講料もかからなかった。介護現場の仕事も経験できるし、嫌であれば研修修了後か半年の契約期間を満了して辞めることができるだろう。海野にとって気になったのは1年ほど前に付き合い始めたガールフレンドのリサのことくらいだった。人懐っこい無邪気な目で海野を見て笑うリサは、何かに絶えず挑戦していないと落ち着かない海野の乾いた心を癒やしてくれた。海野の支えになっていた。

海野のガールフレンドの名前は、大野リサ。海野が勤めていた投資会社の同僚に誘われたパーティで知り合った同僚の友人の友人だった。リサの祖母がハワイに住んでいたことがあるということで、アメリカに留学していたことのある海野と何となく話が合った。メールを何度かやり取りして、一緒に食事をしたり、映画を観に行った。海野は、アクション中心で話はシンプル、しかも最新の映像技術を駆使して作られるハリウッド映画が好きだった。リサも話題の映画を観てみたいということで、一緒に映画を観ることになった。そんなふうに2人の交際は始まった。リサは、友達の家に行くと家族に言って海野のマンションに遊びに来ることもあった。海野が投資会社のアメリカの本部に戻る誘いを断って会社を辞めた一番の理由は、リサと会えなくなることが嫌だったからだ。

6　採用面接

リサは、よく無邪気に「早く結婚したい」、「子どもも欲しい」と言っていた。それが「海野と」というニュアンスでは必ずしもないようだったが、海野はそれなりに覚悟を決めていた。それでも、投資会社を辞め、日系の会社も退職した海野の進路は定まっていない。まだリサとの結婚には踏み切れる状況ではなかった。雑誌を見てウェディングドレスが奇麗だと言うリサ、広告に子どもが映っていれば自分の子どものように可愛いと言うリサを海野は愛おしいと思った。海野はまだリサの家族に会ったことがなかった。デートの後でリサを家まで送っても、リサの家族には直接挨拶していなかった。

海野は、高校の同級生の母親が会長を務める施設の面接を受けることにした。ハローワークを通して申し込むと、すぐに面接の日程が決まった。海野は、スーツ姿で面接を受けた。高齢者施設の入り口を入るとジャージ姿の職員が忙しそうに歩き回っていた。高齢者の乗った車椅子を押す職員もいて、あわただしい様子だった。海野はこれまで勤めてきた会社では、ビジネスカジュアルで働いていた。海野はアメリカで働いていた頃にスーツを買って持っていたが、それを着てネクタイをしめる機会はほとんどなかった。海野には、とてもぎこちなく感じられたが、自分の進路のかじを切る決意をしてスーツ姿で面接に臨んだ。

面接会場の会議室に入ってきたのは、何となく見覚えのある少し年上の男性だった。その施設の施設長をしているという男性は、広瀬孝雄と名乗った。広瀬と海野の会話は、「広瀬賢治って知っている？　海野君の同級生だったんじゃないかな？」という広瀬からの問いかけで始まった。海野は、「同級生の広瀬賢治とは、あまり親しくなかった」と言えないので、となりのクラスであまり話したことはないが、よく見かけていたことを広瀬に伝えた。広瀬は、海野の同級生の兄で、海野の同級生は別の会社で働いていることを教えてくれた。介護の仕事ではなく家電メーカーの営業マンとして忙しく飛び回っているのだそうだ。

それから海野は自己紹介を促されて、アメリカの大学で経済学や経営学を中心に学んできたこと、大学を中退して投資会社に勤めていたこと、利益追求の仕事ではなく、その対極にあるような福祉の仕事に興味を持ったこと、高齢化が進む中で高齢者の介護の仕事に一番関心があることなどを話した。広瀬は、うなずきながら落ち着いて海野の話を聞いていた。広瀬が「うちの会社のことを何か知っている？」と聞くので、海野は、会社のウェブサイトに載っていた「会長の挨拶」で引用されていた思想家の言葉に触れ、高齢者に寄り添う理念や社員を大切にする社風に好感を持っていることを話した。

面接の最後に介護の仕事に対する思いを作文にする試験があった。海野は、特に介護の仕事をするために勉強してきたわけではなかった。家族などの身近な人の介護経験もなかった。海野には、災害ボランティアをした時のガレキかきの経験が介護の仕事にも通じるのではないかという感覚があった。また、投資会社の仕事を辞めた後、市の広報誌に載っていた介護サポーターの講習会に何となく関心を持って受講したことがあった。海野は、志望動機としてあらかじめ考えてきた内容を文章にした。その大半は面接の中で既に話していた。制限時間も文字数制限もなかった。営利活動の対極としての介護・福祉に関心を持ったこと、介護現場の仕事をしながら介護の基礎研修が受講できるのが魅力であることなどを用紙1枚にまとめた。その施設をどうしたいだとか、介護業界をどうしたというような大きな展望は特になかった。海野は自分の実状を正直に書いた。

面接の中で、半年契約の社員ではなく正社員として入社する意向を広瀬に聞かれたが、正直に言って、海野は正社員にはなりたくなかった。

7　採用通知

その高齢者施設の採用は数日で決まった。面接を受けてすぐに電話で連絡が来た。面接では、すぐにでも勤務ができると伝えていた。タイミング良く、土日に受講できる介護の基礎研修が始まるところだったので、海野はその日程に合わせて勤務を始めたいと思っていた。海野は、特に心配はしていなかったが、そんなに簡単に採用されるとは考えていなかったため、実は、病院系列の高齢者施設の面接も受けることになっていた。病院系列の施設の方が印象は良かったが、面接を受けた時点で、既に最初に面接を受けた高齢者施設の採用と入社予定日が決まっていた。海野は、面接をキャンセルすることもできたが、自分の進路を確認する意味でも面接は受けることにした。面接には病院の院長が対応してくれた。海野は、自分の介護や福祉に対する思いを正直に話し、既に内定が出ていて入社日も決まっていること、入社日よりも早く採用してもらえれば、入社できることを伝えた。しかし、後日電話で確認すると不採用とのことだった。海野は、特に不採用の理由を聞かなかった。既に採用が決まっていることに配慮してくれたのではないかと受け止めた。

介護業界は慢性的な人手不足の状態にあり、高い給料を求めるなど、特別な希望がなければ、不採用になることは、ほとんどないのではないかと海野は感じていた。海野はデスクワークよりも体を動かす仕事の方が好きだった。海野は中学校から高校までテニスをしていた。西海岸の短大に通っていた頃もよく友人とテニスをした。投資会社に勤めていた頃は、テニスをする機会がほとんどなかったが、週に何度かスポーツジムで汗を流すことにしていた。

父母が病院で働いていることもあって、海野は何となく高齢者施設の仕事が体に合うように感じた。それは面接で高齢者施設を訪れた時に気付いた。高齢者施設には父母の勤める病院と同じ匂いというか、同じような雰囲気があった。そこには、人の生命に関わる繊細さや緊張感と一緒に、生活の場としての包容力や安らぎのようなものがあった。海野には、多くの同級生とは違う道を選び、海外留学をした経験があった。海野は、格言に従っているのか、あるいは、経験や感覚に従っているのか、人と違う道を好む傾向がある。投資業界から介護福祉業界というギャップが、海野にはむしろ心地良かった。

海野の最終学歴は、東海岸の大学を中退しているため、アメリカの短期大学卒業である。それは日本では専門学校を卒業したのと同程度の扱いのようだった。海野は、ハローワークを通して高齢者施設の面接を受ける前に、転職支援会社を通じて、以前勤務していた投資会社や日系企業と同じような仕事を紹介された。しかし、大学を卒業していなければ他の職員と同じように働くことはできないだろうと海野は考えた。株式公開を目指しているというベンチャー企業なども紹介された。何社か面接を受けて創業者の話を聞いた。それでも創業者の自信や情熱とは裏腹に、業界の展望や事業計画が魅力的には感じられなかった。海野は、未公開企業の企業調査にも関わってきた。華々しく株式公開をするベンチャー企業経営者のいくつかの成功例と多くの失敗例を見てきた。また、理想と現実の狭間で資金繰りに苦しんでいる多くの企業を知っていた。海野には、それなりに会社組織、特に経営者を見る目を養ってきたという自負があった。

海野は新しく採用された高齢者施設で働くためにジャージを買った。安いスポーツブランドのものもあったが、介護業界で腰を据えて働くという決意を込めて少し高いがデザインの良いものを選んだ。海野は、農業にも関心を持っていた。日系の会社を辞めてから、自由な時間を過ごしている時期に、求人誌に載っていた農家で早朝にレタスを収穫する仕事を数週間だけしたことがあった。海野は、レタスを入れたコンテナを運ぶ仕事を、農業というよりもスポーツジムでトレーニングをしている感覚でこなした。海野は、特に生活に困って働いているわけではなかった。収入は必要だが、金さえ稼げれば良いということではなかった。夜中に起きて仕事に行くことが少し辛かったのと、どんな仕事でも一つ一つ仕事の意味やプロセスを考えながら自分のペースで取り組む海野の性格が、スピードと効率を重視する現場の他のスタッフと合わずに居心地が少し悪かった。海野は、介護の仕事も農業に似ているのではないかと感じている。それほど重労働でなくても軽い作業を繰り返す仕事である。そんな仕事を、海野は、業務というよりもスポーツのような感覚でこなせないかと思っている。健康のためにスポーツジムでトレーニングしているような感覚で取り組めたら長続きするのではないかと思っていた。

8　初出社

初出社の朝、海野は高齢者施設の自動ドアを入った。受付のスタッフに、新入社員であることを伝えて、教えてもらっていた更衣室に向かった。そして仕事用の新しいジャージに袖を通した。ポロシャツは施設から支給されたものを着た。更衣室を出て、介護職員の事務所に向かった。廊下ですれ違う職員や施設を利用する高齢者には「おはようございます」と挨拶をした。

事務所では、面接の時に紹介されていた介護課長の下村良太が海野を待っていた。下村は、海野を他の職員に紹介してくれた。そして、その日は、係長の田丸望と一緒に行動するように指示された。田丸は、海野よりも少し年上のようだった。丸顔にクリッとした目の可愛らしい女性だった。しばらくして、朝礼が始まった。まず会社の理念を全員が唱和した。外資系の投資会社に勤めていた海野にとっては、とても新鮮に感じられた。投資会社でも会社のビジョンとミッションが書かれた社員カードを海野は持っていた。そのカードでエレベーターの乗り降りや部屋への入室ができた。しかし、アメリカの本部でも特にビジョンやミッションを声に出して皆で唱和するようなことはなかった。

役職者は、「下村課長」、「田丸係長」などのように役職名を付けて呼ぶことが通例のようだった。海野は、「○○さん」と名前に「さん」を付けて呼ぶことに慣れていた。上下関係を意識しない自由な職場作りのためには良いだろう。一方、役職名を付けて呼ぶのであれば、自分よりも上の役職者には従わなければならないという無言の圧力が加わり、上下関係を意識せざるを得ない。海野には、役職名を付けて社員を呼ぶことがためらわれた。それでも「郷に入っては郷に従え」ということで、そんな職場に慣れるしかなかった。

海野は、初出社の日に短パンとTシャツを持ってくるように言われていた。施設利用者の入浴介助を行うためである。朝礼が終わると、田丸に促されて海野は更衣室で短パンとTシャツに着替えた。階段を上り、廊下を急ぎ足で入浴介助が行われる浴室に向かった。入浴用の脱衣室にはパイプで組まれた利用者が横たわることができるストレッチャーが数台置かれていた。そして、利用者が更衣するための長椅子が置かれていた。入浴介助の職員は手際よく入浴用のバスタオルやタオルを所定の場所に置き、用意されていた利用者の着替えを入れたカゴを順番に並べた。入浴の開始時間が近づくと利用者が次々と脱衣室に入ってきた。杖をついて自分で歩いてくる利用者、自分で車椅子をこいでくる利用者、職員に車椅子を押してもらっている利用者と続いた。

ところで、高齢者施設では、入居者や自宅から通ってきて一日を施設で過ごす高齢者を「利用者」と呼ぶ。施設やサービスの利用者という意味と、介護保険の利用者という二つの意味が込められているようだ。

自分で歩いて移動して服を脱げる利用者は長椅子に座って服を脱いだ。手足を動かすことが困難な利用者は職員が介助を行った。歩行が困難な利用者は入浴用の車椅子に移された。海野は、田丸が車椅子に乗った利用者の服を脱がせた後、入浴用の車椅子に乗せて浴室に連れて行くのを見守った。田丸は、シャワーの温度を確認してから、利用者の足や手、体にシャワーをかけ、スポンジにボディソープを含ませ、手際よく泡立てて利用者の体を洗った。洗い場では何人かが並んで体を洗っていた。体を洗い終わると自分で歩いて浴槽に入る利用者もいたが、大半は、入浴用の車椅子に乗ったまま職員に車椅子を押されてスロープを通って浴槽へと入っていった。一人の利用者の洗体が終わり浴槽へと案内し終わると、次の利用者が入浴用の車椅子に乗って洗い場に入ってきた。田丸は素早く、それでいて丁寧に利用者の体を洗って浴槽へと誘導した。自分で体を洗うことのできる利用者には、洗体用のスポンジやタオルにボディソープを付けて渡し、自分で体を洗ってもらっていた。

時計で計っているわけではなかったが5分くらい湯船に浸かってもらった後、今度は順番に浴槽から出て、シャワーで体を流してから、バスタオルで体をふいて、脱衣室へと誘導された。それは、見方を変えれば、ベルトコンベアの上を製品が流れていくようにも見えた。入所者とデイサービスの利用者、数十人が午前中に入浴を済ませた。浴槽に入っている利用者が少なくなると、田丸は脱衣室に戻って、利用者が服を着るのを手伝った。看護師はそれぞれの利用者の皮膚の状態に合わせて必要な処置をした。車椅子の利用者は職員が車椅子を押して、杖や歩行器を使う利用者は職員が連れ添ってホールの座席へと案内された。

利用者の着衣介助の目途がつくと、田丸は脱衣室と浴室の片づけをした。田丸は利用者の介助をしながら、そばで見守っていた海野に利用者の介助の要点を利用者ごとに端的に教えてくれた。それから海野は田丸の指示に従って職員の更衣室に向かい、ジャージに着替え直した。着替えを終えて利用者がテーブル席に座っているホールに出てくると、昼食を積んだカートが運び込まれていた。海野は、田丸に渡された昼食をのせたトレーを持って田丸と一緒に利用者に食事を配った。そして配膳が終わると、利用者の食事の様子を見学した。

3分の2くらいの利用者は介助を受けることなく自分で食事を食べていた。海野は、自分で食事を食べられない利用者の隣に職員が座って食事介助をしている様子を観察した。

職員が運ぶスプーンに乗った食事をパクパクと食べる食欲旺盛な利用者。脳梗塞の後遺症なのだろうか口元が歪み、手足も拘縮してしまっている利用者は、職員が運ぶスプーンを何とか口に入れ、噛んだ食事をゆっくりと胃に流し込んでいるようだった。エプロンに食事をこぼしながらも自分で食事を口に運んで食べている利用者もいた。健常者と同じ常食、噛むことが困難な利用者のための刻み食、そして噛むことができない利用者のためにミキサーで食事の形状がないまでに細かく砕き、むせないようにトロミのついた食事など、様々な形態の食事があった。海野は、利用者の食事の様子を見ながら、食事の座席の配置や食事の形態、介助のための注意点などをメモ帳に記入した。

9 機械浴

利用者の食事が終わると、海野たちはお昼休憩に入った。事務所の休憩室で海野は出勤途中のコンビニで買ったカップラーメンを取り出して、休憩室に置いてあったポットでお湯を注ぎ、時間を待った。一緒におむすびを二つ買ってきていた。お昼休みは交替で取ることになっていた。海野と別のシフトの職員は、海野たちが利用者に食事を配り食事介助をしている間にお昼休憩を済ませていた。同僚の職員たちは、海野と同じようにコンビニ弁当を広げて食べる職員、自分で作ったのだろうお弁当を食べる女性職員、愛妻弁当を食べる男性職員など様々だった。海野は別の職員が持ってきた漬物を何切れか頂いた。塩味のきいたきゅうりは、歯応えも良く、サッパリとしていて美味しかった。

海野の休憩時間は正式には午後1時から2時までの1時間だった。しかし、海野が休憩室に入って弁当を食べ始めたのは1時半を過ぎていた。海野は食事を素早く済ませて、自宅から水筒に入れて持ってきたお茶を飲んで過ごした。その水筒は、リサが転職が決まったことをお祝いしてプレゼントしてくれたものだった。そして2時前にはまた短パン・T

シャツに着替えて午後の入浴介助に向かった。正確には、午前中の入浴介助と利用者の昼食の間にも休憩時間があったが、海野はジャージに着替えて、水筒のお茶を3口飲んだだけで、ホールでの昼食の配膳に加わっていた。

午後は田丸が寝たきりの状態の利用者を機械を使って入浴させるのを見学した。職員が寝たきりの利用者をリクライニング式の車椅子から入浴用の台車にのせ、手際よく衣服を脱がせた。そして転落防止のためのベルトを締めて、浴室へと運ばれた。海野は、田丸が寝たきりの利用者の体にシャワーをかけ、体を洗うのを見守った。田丸は、体を動かせないまでも会話のできる利用者には積極的に話しかけて話をしながら利用者の体を洗った。会話ができない利用者に対しても、何か絶えず話しかけながら入浴をさせていた。言葉を発することのない利用者にも「右向きますね」、「左向きますね」と前もって声掛けをして利用者を気づかっていた。

田丸は利用者の体を洗い終わるとシャワーで体を流し、台車を入浴用の機械の横に移動して、タイヤをロックした。台車の上部が入浴用の機械の上にスライドして、ボタン操作でボードにベルトで止められた利用者の体は入浴用の機械の中に沈められ、利用者の首から上がお湯から出る位置で止められた。お湯の温度は入浴介助が始まる前に水温計で測って確認されていた。機械の操作面にもお湯の温度が39℃と表示されていた。田丸は、利用者にお湯の温度を確認しながら、話しかけていた。3、4分だろうか、時間が経つと田丸はボタン操作で利用者を入浴用機械のお湯から出した。そして、スライド式のボードを台車に戻して、タイヤのロックを外して、利用者を脱衣室へと移動させた。脱衣室では、他の職員がタオルで利用者の体をふき、皮膚の処置が必要な利用者には看護師が処置をしていた。そして、台車にのった次の利用者が浴室に運び込まれた。田丸は、そんな利用者の洗体と機械入浴の作業を何度となく繰り返した。田丸の隣でも別の職員が座位を保つことができない寝たきり状態の利用者の機械浴を行っていた。

海野は、正直に言って、高齢になって機械浴が必要な状態になってまで生きていたいとは思わない。病気や怪我で一時的に機械浴を必要とすることはあるとしても、日常的に機械浴を利用する生活は、想像するだけでも心苦しかった。高齢者施設では、自分で入浴できる利用者でも毎日は入浴することができなかった。利用者ごとに入浴日が決まっていた。2日、3日に一度の入浴でさえ、毎日風呂に入ることができている海野にとっては、我慢できそうになかった。

逆に考えれば、入浴日の利用者の喜びは海野の想像を超える大きなもので、高齢者の一週間の楽しみなのだろうとも思えた。それでも、高齢者施設では決まった時間帯に決まった人数の利用者を入浴させなければならないのだから「もっと長くゆっくりと湯船に浸かりたい」などの利用者の希望はかなえられない。本人は良いと思っても、のぼせてしまうこともあるだろう。健康を損ねてしまった高齢者の宿命として仕方ないかもしれないが、高齢になることは誰もが避けられない運命なのだから、そこには、きめ細かな配慮がされるべきだろう。それは高齢者自身の我慢や人生における意味付けによって行われるのかもしれない。海野には、介護の仕事を始めて最初の日に、そんな大きな謎を解明する余裕はなかったが、高齢者がボードに横たわって機械を使って入浴している姿を見ていて、そこに何か大きな複合的な課題があるように感じた。大変な仕事ではあるが、そこには大切な役割があるように、考えるでもなく、何となく感じた。居心地の良さというか、そこに海野は居場所というか何か使命感のようなものがあるように思った。

入浴介助が終わり、浴槽、機器、洗い場の床などの清掃をして、物品を片付けた。またジャージに着替えた後、今度は午後のオムツ交換が始まった。海野は、田丸から休憩をしてからホールに出て来るように言われた。水筒のお茶を飲んで、トイレを済ませ、軽いストレッチをして海野はホールに出て来た。10分くらいは休んだことになるだろうか。

10　オムツ交換とレクリエーション

　海野は、田丸の後をついて、田丸が利用者のオムツ交換をするところを見学した。田丸は、利用者のズボンを下ろし、テープで止めてあるオムツを外した。そして、排尿、時には排便のある紙のパッドを取り出して、陰部やお尻を清拭タオルでふき、新しいパッドを入れた。ベッドの上で左右を向いてオムツ交換に協力してくれる利用者もいたが、体が大きくて自分で左右を向くことができない利用者のオムツ交換は大変そうだった。手足が拘縮していて体がピンと伸びた棒のようになってしまっている利用者は、パッドを外したり新しいパッドを差し込むのが大変そうだった。田丸は、オムツ交換をしながら、もう10年近く介護の仕事をしていると海野に教えてくれた。田丸の手つきは慣れていて、オムツ交換をテキパキと進めた。オムツから便があふれ、衣服やシーツに漏れていても、田丸は慌てることなく素早く処理した。衣服の更衣やシーツ交換も手際良く行った。鼻に残るような便の臭いも気にすることなく、田丸はオムツ交換を続けた。

　田丸は、別の職員と2人で手分けしてオムツ交換を廊下の奥から順番に進めていた。

パッドや清拭タオルを積んだ台車は、一つの居室が終わると次の居室の前へと移動した。オムツ交換が終わると、バケツに入ったパッドやテープ止めのオムツなどの廃棄物と便や尿で汚れた清拭タオルが分けられた。廃棄物は、黒いビニールに包まれ段ボール箱に入れられ、ガムテープで封がされた。使用した清拭タオルは大きな袋に入れられた。廃棄物と使用した清拭タオルを入れた袋はそれぞれ決まった場所に運ばれた。汚れた清拭タオルは業者に回収されて、洗濯されてまた届けられることになっているようだった。高齢者施設では、洗濯されて納品された清拭タオルをたたみ、濡らして丸めてキャビネットに入れて温めて使っていた。更衣した利用者の衣類は洗濯場へと出された。

午後の、と言っても、もう夕方に近かったが、オムツ交換が終わると、しばらく時間があり、一息つくことができた。海野は水筒のお茶で水分補給をして、事務所の椅子に座って体を休めた。海野の頭と体は血が充満して凝り固まっているようだった。田丸は、海野に事務所に利用者のファイルがあると教えてくれた。空き時間に利用者のファイルに目を通して利用者の名前、生活歴、健康状態などを頭に入れておくと良いということだった。出社初日の海野は、田丸の仕事を見ているだけで疲れていた。

事務所を離れていた田丸が海野を迎えに来て、２人はホールに出た。夕食までまだ少し時間があった。海野に渡されていた1日の業務の流れをまとめた予定表には「レクリエーション」と書かれていた。利用者は居室のベッドで寝ていたり、ホールに出てきて他の利用者と話をしたりしていた。家族が面会に来ていて家族と話をしている利用者もいた。職員が利用者にレクリエーションの時間だと声をかけていた。田丸は、海野にレクリエーションを見学するように声をかけて、その場を離れた。

ホールの中央に椅子が集められ、円形に並べられた。杖や歩行器を使って歩ける利用者には自分で歩いて円形に並べた椅子に座ってもらった。車椅子の利用者にはそのまま車椅子に乗っていてもらい15人くらいの利用者の円ができた。木村華菜という女性の職員が利用者の円の中の椅子に座り、レクリエーションを始めた。海野と同じくらいか少し若い職員だった。木村は、夕食の時間まで少し体操をしましょうと言って、利用者に手を前に出すように言った。ジャンケンの「グー」と「パー」を交互に出すように利用者に求めた。「グー、パー、グー、パー」と言って自ら前に出した手でグーとパーを交互に出して利用者に示していた。そして「グー、チョキ、パー」や「パー、チョキ」などいくつかのバリエーションを手で作るように求めた。海野が利用者を見回すと、何人かの利用者は木村の指示に何とかついてきていたが、手を前に出しただけで、手をもぞもぞしている利用者もいた。何をしているのか理解できていないといった様子の利用者もいた。片方の腕しか動かせない利用者は片手を動かして何とか指定された形を作ろうとしていた。

木村は、次に、利用者に足を上げ下げするように指示した。椅子に座ったまま「足を上げて、下げて」と言って自分の両足を上げ下げした。利用者は木村の真似をした。そして、足踏みをしたり、片足ずつ足を床に水平に伸ばしたりした。体操は続き、肩を上げ下げしたり、首を前後、左右に動かしたり、回したりした。

最後に、皆で『ふるさと』の歌を歌うことになった。

「兎追いし　かの山　小鮒釣りし　かの川」

海野も椅子に座って利用者の輪に加わっていた。海野も木村の合図に合わせて体を動かし、子どもの頃に学校で歌った記憶のある歌を歌った。子どもの頃に戻ったような感覚だった。歌い出すと忘れていた歌詞が口をついて出てくるようだった。海野は胸がいっぱいになり、目頭が熱くなった。自分の子どもの頃の姿が頭に浮かび、大人になった今の姿と対比されているようだった。歌を歌いながら海野は自分の人生を早送りで振り返っているように感じた。

利用者は80代から90代の高齢者が多いようだった。女性の方が男性よりも多かった。中には１００歳を超えている利用者もいるのだそうだ。海野が日頃聞くようなヒット曲を利用者は知らないだろう。利用者の中でも年代によって知っている曲、好きな曲は分かれるだろう。誰でも知っているような童謡が皆で一緒に歌う時には良いのだろう。利用者は木村の歌声に促されるように声に出して歌を歌った。歌っていない利用者も利用者の輪の中で歌を聞いて楽しみ安らいでいるのだろう。レクリエーションの時間は、開始前と終了後の利用者の移動時間もかかり、アッという間に過ぎていった。

11　夕食と口腔ケア

レクリエーションが終わり、利用者の夕食の時間になった。職員が、食事用のカートをホールに運び入れ、夕食の配膳が始まった。お昼の時と同様に海野は田丸と一緒に夕食ののったトレーを利用者に配った。海野は昼食の時間に利用者のテーブルの配置をメモしていたので、何人かの利用者の座席は覚えていた。田丸は、海野にレクリエーションを見学するように言ってからしばらく見かけなかった。事務所でデスクワークをしていたようだった。

それから海野は田丸の食事介助を見守った。夕食のおかずは鶏肉だった。そこに野菜のサラダとフルーツが添えられていた。田丸は、自分が食事を食べているようにおかずとご飯を取り分けて、利用者の口元へと交互に運んだ。そして、利用者が食べ物を噛み、飲み込んだタイミングを見計らって、次のスプーンにのった食事を利用者の口元へと運んだ。テンポが良く、無駄がないようだった。

海野が見ていると、むせ込んでしまう利用者もいた。むせてしまう利用者は、ほどほどで食事を終えたり、しばらく時間をおいて、別の職員が食事介助に入った。職員との相性もあるのだろう。職員は連携して一通り食事介助が必要な利用者の介助を終えた。食事が終わると、利用者の歯磨きの介助が行われた。自分で歯を磨ける利用者には歯ブラシとコップが渡され、自分で歯を磨けない利用者は職員が介助した。入れ歯を預かり、軽くブラッシングしてから洗浄剤の入った容器に入れられた。利用者は自分でコップを使ってうがいをしたり、口元に近づけられた水の入ったコップから口に水を含み、うがいをして、職員が差し出すうがい用の容器に水を吐き出していた。

入れ歯を入れている利用者の入れ歯は、特にこだわりの強い利用者を除いて、夜間預かることになっていた。水道の周りに待機している利用者を順番に水道に案内して歯磨きしてもらい、終わった利用者からそれぞれの居室に連れて行き、ベッドに寝てもらった。海野は、この日が初めての勤務であったため、それら一連の作業を見学するだけであった。利用者が歯磨きを終えて、ベッドに横になると、海野達の1日の利用者に対する仕事は終わった。終わったと言っても、職員は事務所に戻って利用者の1日の様子を記録用紙に記入する作業が残っていた。

利用者の歯磨きと就寝介助の仕事が一段落すると、田丸は海野に後片付けをして、仕事を終えるように言った。海野は、利用者をベッドに寝かせて事務所に戻ってからの他の職員の様子を観察した。排泄のチェック表に夕食後の排泄状況を記入する職員、記録用紙に利用者の様子を記入する職員、パソコンに向かって何か作業をする職員などがいた。

海野がそろそろ着替えて帰ろうかと思った時に、課長の下村が現れた。下村は、海野にその日の仕事の感想を聞いた。海野は、とりあえず自分が担当する業務を一通り体験したようだった。海野は次の日も同じことをするのだろう。出勤して、朝礼の後、入浴介助、昼食の介助を挟んでまた入浴介助をしてオムツ交換、レクリエーション、夕食、口腔ケア、就寝介助という1日の流れを海野は下村に確認した。

翌日は金曜日で、海野のその週の介護施設での仕事は金曜日までとなる。海野は、土日に介護の基礎研修を受ける予定になっていた。海野の勤める高齢者施設が契約しているグループの研修所に行って朝の9時から夕方5時まで介護の知識を学ぶことになっていた。最初は講義が中心となるが、研修の後半は実習を通して介護技術を学ぶことになっていた。海野にとって新しい知識や技能を習得できることは楽しみであった。それでも介護の技能と言っても業務として他の職員が行っている利用者に対する介助方法であり、特別難しい技術であるとは思わなかった。海野にとって、施設で働きながら高齢者などに対する基本的な介護の知識や技術を学べることは楽しみでも、自分で学費を払って、仕事を休んで研修を受けるのであれば大変である。海野にとっては、何もすることなく日々を無駄に過ごすよりは、何かすることがあって、多少なりとも人の役に立ち、それでいて生活に必要な収入を、十分ではないにしても得られることが救いとなった。

海野は、タイムカードを押して、更衣室でジャージを脱ぎ着替えて、施設を出た。更衣室で一緒になった職員と玄関まで一緒に歩いてきて「お疲れ様でした」と挨拶をして、海野は帰り道を急いだ。マンションでリサが待っているわけではなかった。リサは衣料品の店に勤めていて、朝の出勤は早くなかったが、仕事帰りのサラリーマンなどの買い物に対応するために夜は遅くまで働いていることが多かった。

12　研修前の金曜日

海野は仕事を終えて、一日の疲れを洗い流してしまいたいような気分だった。高齢者の介護は、心身に不自由がある高齢者を相手にする仕事である。認知症によってコミュニケーションが上手く取れないこともある。入浴介助はまだ良いが、排泄の介助では利用者のオムツの中の排尿・排便を取り除いて汚物を片付けなければならない。排尿や排便で衣類を汚してしまう利用者もいる。介護の仕事は、奇麗な仕事ではない。むしろ汚い仕事である。地味な仕事であり、仕事もきつい。返ってくる利用者の笑顔や「ありがとう」という言葉が海野にとってはせめてもの救いだった。悪いことばかりではなかったが、海野はその日の経験からどこかに逃げて、しばらく現実から離れたかった。

海野は人の流れを追い越して駅まで急いだ。電車を降りて、マンションの近くまで来ると、仕事で疲れている自分とは別の自分に戻れるのではないかという期待があった。海野は、疲れた体に「今日、最後の仕事」だと言い聞かせて、家の近所のスーパーで夕ご飯のお弁当と翌日の朝ごはんを買った。マンションのエレベーターを降りて、部屋のドアのカギを開けた。玄関の脇の洗濯機のカゴにその日に着たジャージと入浴介助用の短パンとTシャツを入れて、海野は、奥のリビングにたどり着いた。海野は、床のジュウタンの上に大の字に横になった。

「疲れた」

海野の口から素直な感想がこぼれた。今週の仕事がもう1日あると思うと気が重かった。週末の土日は、職場で働く必要はなかったが、研修の予定が入っていた。それはそれで、少し窮屈ではあった。

リサからメールが届いた。リサも仕事が終わったのだろう。リサはメールで海野の週末の予定を聞いてきた。海野は週末は、介護の基礎研修を受けるのでリサと会えないことを文章にして送った。リサからは怒ったような、残念なような顔のスタンプが送られてきた。海野は、リサに、平日は仕事、週末は研修という予定が当面続くことを伝えていたが、彼女は忘れているのだろう。海野はリサに電話をした。彼女は仕事を終えて、駅に向かって歩いているところだった。海野はリサの声を聞いて、疲れた体の緊張が解けるのを感じた。そして、海野は、リサが電車に乗る前に、日曜日の研修の後に、夕ご飯を一緒に食べる約束をした。

次の朝、海野はハッとして目を覚ました。朝7時に目覚ましをセットしていたが、時計を見ると6時48分だった。海野は、もう少しだけ寝ることにして目を閉じた。それでも目覚ましが鳴る前に布団を出た。昨日スーパーで買ったミックスサンドを食べ、ヨーグルトで流し込んだ。8時前に家を出て、職場に向かった。

今週最後の仕事は、前の日の仕事と変わらなかった。海野の仕事は、係長の田丸の後をついて、田丸の仕事や田丸と利用者のやり取りを見学することだった。それでも、この日、海野には二つ、新しい発見があった。一つ目は、朝礼で唱和されている会社の理念が、利用者のため、自分のため、そして社会のためという三つの目的に分かれてできていることだった。職員には、利用者のための絶え間ない研鑽、仕事の効率化、そして高い倫理観が求められていた。海野は、前の日に初めて会社の理念を聞いた時は、皆で唱和することの新鮮さに気を取られていて、理念の内容まで考える余裕がなかった。

二つ目は、利用者の中に「キヨエさん」と呼ばれる車椅子に乗った女性がいて、キヨエさんが、絶えずトイレに行きたがっていることを知った。キヨエさんは、車椅子を押してトイレに連れて行くと、自分でトイレに座り、トイレットペーパーでお尻をふいて、すぐにトイレから出てきた。そして、ホールの自分のテーブルに戻って来ると、またすぐにトイレに行きたがっていた。海野は、何度か田丸についてキヨエさんのトイレ介助を見学した。そのうちに、海野はキヨエさんのトイレ介助を任されるようになった。介助と言っても、車椅子を押してトイレに行って、キヨエさんがトイレを済ませて、手を洗ってホールに出て来るのを見守るだけだった。その日、海野は食事介助の前後の時間にキヨエさんと8回程トイレに行った。

海野には新しい出会いもあった。前日は出張していた介護部長の神田正雄と管理部長の田所譲二が出社していて、海野は下村の紹介で神田と田所に挨拶をした。神田も田所も海野の両親よりは若いようだった。神田は「ケアマネージャー」をしているということだった。そうは言っても、海野には、その名前を耳にすることがあっても、それがどんな仕事なのかは分からなかった。田所は、髪を7・3にきっちりと分けていた。田所からは、仕事の熱心さや几帳面さが伝わってくるようだった。

13　介護の基礎研修

次の朝、海野は、介護の基礎研修を受けるために会場へと向かった。途中のコンビニで弁当を買った。会場に着くと、海野と同年代の受講者もいたが、海野よりも年上の30代、40代の受講者の方が多いようだった。長年働いた会社を退職して第2の人生を歩むといった感じの年配の受講者もいた。

海野は空いている窓際の席に座り、筆記用具を出して、周りで話をしている受講者の話に加わった。海野と同じソレイユ・グループの職員が半分くらいだろうか。海野が話をした同じ年くらいの男女は、ソレイユ・グループのホームページにのっている施設で働いていた。海野達が同じグループ企業で働いていることを話していると、近くに座っていた40代くらいの女性も同じグループで働いていると教えてくれた。その女性は研修の教室の後ろの方に座る何人かも同じ施設に勤めていると紹介してくれた。

50人ほど座れる教室に30人くらいの受講者が開講を待っていた。ネクタイをしたスーツ姿の男性と年配の女性が教室に入ってきた。男性は研修の責任者だと挨拶して、大まかな研修の流れや、受講上の注意点、研修施設の利用方法などについて説明してくれた。そして、その責任者から紹介された研修の講師にマイクが引き継がれた。年配の女性は施設の副所長だということで、研修の大半の講義を受け持つのだという。70歳に近いのだろう。講師の女性は30年以上、高齢者施設に勤めてきた介護のベテランだということだった。介護施設での長年の経験を認められて介護職員の養成研修の講師をするようになったのだという。女性の顔にはしわが刻まれていた。決して若くはないことが分かった。それでも、はっきりとした口調のキレのある声が教室に響いていた。介護の現場でたたき上げられて来たであろうことがうかがわれた。その女性は、高杉美恵子と名乗った。

高杉の自己紹介が終わると、研修が始まった。介護とは何かという話が始まった。高杉が受講者を指名して、それぞれの意見を聞いた。受講者からは「高齢者のお手伝い」、「お年寄りの生活を支える仕事」「食事、入浴、排泄を支援して高齢者が自立して暮らせるようにすること」など様々な意見が出された。研修のテキストが前もって配られていた。テキストには、高齢者の自立、尊厳、個性などという介護のキーワードが書かれていた。高杉は、特に決まった定義は示さなかった。海野は、2日間高齢者施設で働いた経験から、食事、入浴、トイレやオムツ交換などの排泄、そして、利用者のベッドや車椅子への移乗、さらには、車椅子や歩行器などでの移動の支援が介護の仕事なのではないかと感じていた。

研修の内容は特に難しいものではなかった。海野は、これまでアメリカに留学をして、投資会社で働き、新しい仕事や自分の人生を見つけようともがいてきた。自分の希望や好み、感覚を大切にして考えて行動してきた。それでも、自分がどう思うのか、高齢者がどうあるべきかなどではなく、高齢者の意思を第一に考えなければならないと高杉の話を聞いていて感じた。海野が高齢者施設で接した利用者の中には様々な人がいた。身体の状況も様々だが、好みもそれぞれだろう。長い人生で培ってきた高齢者それぞれの好み、考え、あるいは習慣などを尊重していかなければならないと海野は思った。

高齢者の自立支援というのが重要なテーマになるようだった。しかし、自立支援と言っても寝たきりで食事や排泄を思うようにできない利用者がいる。また、車椅子に乗っていて、自由に外出したり、買い物などできない利用者もいる。介護における自立支援というのは、利用者が一人で健常者と同じような生活を送れるようにすることではなく、利用者が自らの能力を最大限いかして、自らの意思でその人らしい生活を送れるように支援するということのようだった。海野は、高杉の話を聞いて、それまでの自分の考えとは少し違う新しい考え方、新しい人との接し方を学んでいるように感じた。

途中のトイレ休憩をはさんで、あっという間にお昼休みとなった。お昼は３５０円で日替わり弁当が食べられるようになっていた。希望者は朝研修が始まる前に申し込むようになっていた。海野は、この日はおむすびをコンビニで買ってきたため、弁当は注文しなかったが、他の受講者が注文した弁当を見て、明日は弁当を注文することにした。この日は、とりの唐揚げ弁当だった。コンビニで買ったら500円くらいするものが、まだ温かい状態で350円で食べられるのはお得だった。海野は、コンビニで買ってきたおむすびをその日に座っていた教室の席で食べた。

海野は、仕事に水筒を持参している。今はリサがプレゼントしてくれた新しい水筒を使っている。休憩のたびに自販機やコンビニで飲み物を買うよりも節約になるし、買いに行く手間や時間を省くことができた。海野は、その日、冷蔵庫で冷やして作った麦茶を水筒に入れて持ってきていた。氷を入れるほど暑くもなく、冷蔵庫で冷やしたままの麦茶を水筒に入れてきていた。海野は、弁当を食べながら飲んだ水筒の麦茶とは別に、午後の講義で眠くなるのを防ぐために自動販売機でコーヒーを買った。海野は、コーヒーをブラックでも飲むが、疲労を感じている時や、気分転換をしたい時には甘いカフェオレやココアを好んで飲んだ。この日は甘いカフェオレを選んだ。

14　午後の講義

午後1時に講義が再開された。テーマは「介護における尊厳の保持と自立支援」だった。高杉は相変わらず甲高い強い口調で講義を進めた。高杉にとって講義で話している内容は自らの実体験とも重なっているのだろう。高杉からは、受講者が、介護職員として一人前になることを心から望んで自らの体験も交えて教えている、そんな情熱が伝わってきた。高杉の講義は経験と自信に裏付けられているようだった。それでいて、高杉の話は「〇〇という事でございます」という表現で終わることが多かった。自分の考えとして話すというよりは、権威のある誰かから伝えられた話をしているのだという口調だった。海野は、そんな高杉の話を聞きながら、介護の勉強を長年してきたというよりは、現場でたたき上げられた経験と実績の重みを感じていた。

海野は講義の中で「ＩＣＦ」という専門用語を学んだ。金融業界にいた海野にとって国際金融公社の「ＩＦＣ」の方が馴染みがあった。海野はアメリカで経営学を学んでいて途上国への金融支援に関心を持ったことがあった。介護の世界で語られるＩＣＦとは、国際生活機能分類（International Classification of Functioning, Disability and Health）のことだった。「健康状態」を「心身機能・構造」、「活動」、「参加」という三つに分類して考えるものであり、さらにそれらには「環境因子」と「個人因子」があるとするものだった。障害者のできない事に着目するのではなく、障害者の生活全体をとらえてできる事に着目しようというものだった。

海野は経営学の勉強で、物事をいくつかの要素に分解して考えるための枠組みを学んでいた。ものごとを、モレや重複なく、全体としてとらえることによって問題の原因を探したり、解決策を見出そうとするものである。海野は、そんなフレームワークを学ぶことが楽しかった。手っ取り早くものごとを切り分けて、理解したような気分になれるからかもしれない。何となく、分かったような感覚になるのが心地良かったのかもしれない。

著名な専門家などが提唱するフレームワークに沿って考えると確かに考えをまとめやすく、原因究明や問題解決のためにも役立つのではないかと思う。海野は、このＩＣＦの枠組みを施設で接する高齢者の健康や生活の改善に結びつけて考えてみたいと思った。

手足が不自由でも健康な人よりむしろ活発な人がいる。言葉が不自由でも話をすると色々な知識を持っている人がいる。心身の不自由があってもできることを活かそうとする意思や、それを支援する体制や環境があれば、様々なことができるだろう。高齢者の心身の状態を正しく受け止め、それぞれの生活を見直すことによって、その人らしい、いきいきとした生活が、少しでも実現できるとすれば素晴らしいことである。家族や施設の職員等との関係で何らかの制限はあっても、希望を持って生きていけるのは良いことだろう。海野は、高杉の講義を聞きながら、そんなことを考えた。

午後の講義は眠気を誘ったが、予防のカフェオレの効果もあって何とか乗り切ることができた。窓に夕日が差し込む頃に、高杉は話を終えた。講義終了前に、簡単な振り返りテストがあった。その日の講義の内容に関する選択式と簡単な記述式のテストだった。海野にとって迷う問題もあったが、難しくはなかった。3割は間違えても良かった。

海野は、全員がテストを終え、午後の講義が終了した後、他の受講者が講義を振り返って話をしている様子を眺めた。仕事の話をしていたのかもしれない。海野は、席を立って教室の出口へと向かった。その日近くに座ったり、グループワークで一緒になったりして話をした受講者には「お疲れ様でした」と声をかけた。話している最中の人には目で挨拶を送った。海野は、素早く人混みの中をすり抜けた。明日も朝早くから講義がある。明日はお昼の弁当を注文しようと心に決めて帰り道を急いだ。

15　研修2日目

　次の朝、海野は講義の5分前に教室に入った。受講者はほとんど席についていた。海野は最前列より少し後ろの空いている席に座った。最前列で講師の話を集中して聞くよりは、他の受講者の様子も見ながら、勉強したいと思った。教室に入る前に、入り口の受付で、その日の弁当を確認して注文した。今日はハンバーグ弁当だった。代金は受付の女性に渡した。

　講義開始時間に、まだ若いが落ち着いた感じの女性が教室に入ってきた。アラフォーといったところだろうか。普段はノーメイクで働いているのではないかと思われたが、海野には薄っすらとした化粧が気になった。その女性は今日一日の講師だと自己紹介して、岩崎純子と名乗った。ケアマネージャー（介護技術専門員）の資格を持っていてソレイユ・グループの介護施設で働いているのだという。午前中のテーマは「介護におけるコミュニケーション技術」だった。岩崎は、ケアマネージャーになった経緯を簡単に説明してから講義を始めた。岩崎は「コミュニケーションって何かな？」という質問を受講者に投げかけた。受講者は、うつむいていたり、岩崎から目をそらせたり、テキストを読み進んで答えを見つけ出そうとしていた。岩崎に指名された受講者は「話をすること」と答えた。別の受講者は「心を通じ合わせること」などと答えた。

岩崎は、「では、介護の仕事で高齢者とのコミュニケーションにどんなものがあると思いますか？」と質問を続けた。受講者からは、「高齢者の目を見て話すこと」、「高齢者の気持ちを理解すること」、「相手の立場に立って話をすること」などの回答が寄せられた。岩崎は、高齢者とのコミュニケーションには「傾聴」、「共感」、「受容」の三つの段階があるのだと説明した。テキストにも、そのように書かれていた。傾聴とは、相手の話を十分に注意して聞くことである。高齢者の話を親身になって聞くだけでもコミュニケーションになる。共感とは、相手の考えや立場を相手と同じように受け入れることである。コミュニケーションには相手の立場に立つ想像力が必要になる。受容とは、相手のありのままを受け止め、応対していくことである。海野は、コミュニケーションを円滑に行うために、そういう点に注意しなければいけないのだなと思い、岩崎の話を自分の感覚を確かめながら聞いた。

岩崎は続いて、コミュニケーションの技術として、「はい」、「いいえ」で答えられるような「閉じられた質問」、相手が自由に意見を言うことができる「開かれた質問」があると話した。そして「ミラーリング」という相手の動作や姿勢を真似ること、相手に同調する「マッチング」などの手法を紹介した。海野は、そうなのかと思いながら岩崎の話を聞いた。「バックトラッキング」という相手の言葉をオウム返しにする手法でコミュニケーションをはかる手法がある。言われてみれば、特に意識していなかったが、相手の言葉を繰り返して考えながら話すこともあるなと思い、海野は妙に納得させられた。

岩崎はテキストに沿って講義を進め、自分の経験などを紹介して受講者の理解を促した。岩崎は一通り説明を終えると、近くに座っている受講者をグループに分けて、グループごとに高齢者とのコミュニケーションについて話し合う時間を設けた。そして、グループごとに代表者が、グループで話し合ったことを要約して発表することになった。海野は、日常的な高齢者とのやり取り中にも色々な意味があるものだなと感心しながら、グループ討議に加わった。

午前中の講義は途中10分間のトイレ休憩をはさんで続けられた。海野は、グループに分かれて話し合った内容をまとめて発表した。海野のグループでは、高齢者の話を相手の立場に立って注意深く聴き、自分の考えと違っても相手の意見を尊重することが大切だという話をしていた。グループでの話し合いを交えて午前中の講義は続き、アッという間にお昼休みを迎えた。

海野は、トイレに行った後、教室に届けられた弁当のトレーから自分の分のおかずとご飯の容器を取って、その日に座っていた席で弁当を食べた。グループのメンバーも座っていた席でお昼を食べたり、別の場所で別のグループを作ってお昼を食べていた。海野が楽しみにしていた日替わり弁当は、デミグラスソースのかかったハンバーグが、柔らかくジューシーで美味しかった。海野は、この日も食後の缶コーヒーで午後の眠気対策をした。

午後の講義が始まるまでの時間、海野は近くに座っていた午前中にグループを組んだ少し年上の女性とその同僚だという男性に、自分の施設の様子を話した。海野は3日前に初出社して2日間、入浴介助などを見学したことを話した。少し年上の女性と男性は、自宅から通ってくるお年寄りと体操をしたり、塗り絵をしたり、歌を歌ったりして一緒に時間を過ごすデイサービスの仕事をしていると教えてくれた。海野の仕事の中にもレクリエーションはあるが、それは、あえて言えば「おまけ」のような仕事だった。海野は、そんな利用者と日中一緒に過ごす時間が長い仕事もあるのだと思い、その男女の仕事に関心を持った。

16　リサとの夕食

午後1時過ぎに岩崎が教室に入ってきて午後の講義が始まった。午後の講義は「老化」についてだった。人の寿命には「健康寿命」という独立して健康に過ごせる期間を表す寿命があること、ある時点からあと何年生きられるかを表す「平均余命」があることなどから岩崎の午後の話は始まった。人は成長段階ではあまり個人差がないが、老化は個人差が大きく、30歳を超えると顕著にあらわれるのだそうだ。海野は、老化の波が押し寄せるまでそんなに時間はないなと少し不安に思った。海野は岩崎の話を聞きながら、仕事中心の生活を送り、社内で出世して、運良く管理職になっても、定年によって会社から切り離される場面を想像した。結婚して子どもができるなど、生活の変化もあるだろう。子どもが成人するころに自分はどんな状況にあるのだろうか？　年をとって体の動きが衰え、目や耳が悪くなり、理解も遅くなり認知を誤る状況も想定しておかなければならない。海野が引き受けた介護の仕事は、そんな様々な状態にある高齢者と接する仕事だ。海野は、施設の高齢者とどのように接していくことができるのかをぼんやりと考えた。

人の生命に関する情報はバイタルサイン（バイタル）と呼ばれ、体温、血圧、脈拍などで表される。体温計で体温を測ったり、自動血圧計で血圧を測ることとは、医療行為ではなく、介護職員として重要な仕事であることなど、岩崎の話は続いた。海野は、2日前に施設で見た、職員が体温計や血圧計を持って利用者を回っている姿を思い返した。岩崎の話は分かりやすかった。自分でもよく理解しているのだろう。海野にとって興味深い発見がところどころに散りばめられていた。午後の講義でもあっという間に時間が過ぎた。周囲の受講者とのグループでの作業も海野はこなした。気づけば、窓の外がオレンジの色彩を帯び始めていた。その日の講義の確認テストを終えて、バッグに筆記用具とテキストをしまい、海野は教室を後にした。建物の外に出る頃には、講義の内容は海野の頭の中からすっぽりと抜け落ちていた。海野の頭は、これから会うリサと、どこで夕ご飯を食べるかということでいっぱいになっていた。

16　リサとの夕食

海野は本屋で立ち読みをして、喫茶店でコーヒーを飲んで時間をつぶしてからリサと待ち合わせている駅の改札に向かった。海野が改札の外から人混みの中のリサを見つけると、リサも海野に気付いていて、大きく手を振った。リサは、大きな黒い水玉模様の白いワンピース姿で海野の方を見て微笑んでいる。どちらかと言えば痩せているリサだったが、海野はリサを見て、太っていたら体が白と黒の牛のようだと思い、急におかしくなった。「待った」と聞くリサに対して、海野ののどにこみ上げてきた言葉は「その格好、牛みたいだな」だった。海野は必死にその言葉を飲み込んだ。海野はリサの服装は、なかなか似合って、可愛いと思ったが「牛のようだ」と言ったら、確実にリサの機嫌を損ねるだろう。海野は、平静を装って「ちょうど今来たところ」とリサに言葉を返した。リサは、人懐っこい目で海野をみて、「研修どうだった」とたずねた。「うん、なかなか面白かった」海野は正直に答えた。海野はそう答えてから「面白かった」というか「勉強になった」という事かなという思いが頭に浮かんだ。

「どこに行く」リサがたずねた。

海野は、色々考えてスマホでお店を検索してみたが、これと言って行きたいところも、食べたいものも思いつかなかった。リサに聞いて決めようと思っていたところだった。

「リサ、どこに行きたい」海野は返事を返した。

「なんだ、海野君、決まってないなら、私、行きたいとこがある」リサが言った。

海野は特に希望はなかったし、むしろリサの望みをかなえてあげたかった。

「いいよ。どこ行く」海野は素直に言った。

リサは、最近、雑誌で見た古民家を移築した農家レストランに行きたいということだった。そのレストランは、それほど遠くないところにあるらしかった。農家でとれた直送野菜をふんだんに使った料理がバイキング形式で楽しめるのが魅力だという。ソフトドリンクもお替わり自由で、料金も決して高くはなかった。海野は、リサから聞いた「農家の台所サンフラワー」という名前をスマホで検索してみた。そのレストランは、海野とリサが待ち合わせた駅から20分くらいで行ける場所にあった。店内や料理の写真が出てきた。大皿に盛られたバイキング料理は、美味しそうだったし、黒くて光沢のある柱を移築して作られたレストランの店内は落ち着いていて、食事を楽しむのに良さそうだった。お客さんの評価も高かった。

問題は営業時間だった。農家による家族経営なのだろうか、平日でも閉店時間が夜8時だった。土曜日は午後2時までで、日曜日は休みだった。海野も行ってみたいレストランだった。残念がるリサに、海野は「今度、土曜日のランチに行こう」と声をかけた。

17　日本酒居酒屋

「じゃあ、どこに行こっか」当てが外れてがっかりしているリサが、海野にたずねた。

海野は特に何も考えてはいなかったが、リサに聞かれた瞬間に、1週間くらい前に知った最近開店したという全国の日本酒を取りそろえた居酒屋のことが頭に思い浮かんだ。海野が歩いていると仲の良さそうな夫婦がチラシを配っていた。海野は特に日本酒が好きなわけではなかったが、機会があれば日本酒を飲み比べてみたいと思っていた。チラシには良心的な料金で飲み比べられるサービスが紹介されていた。

海野は、アメリカに留学していた頃、近所の日本料理の店に週に1度は通っていた。格安なランチが目当てだった。夜、酒を飲む時は専らビールを飲んでいた。それも日本の銘柄よりも少し安いアメリカの銘柄にすることが多かった。それでも、外国人に味が分かるのかどうかは分からなかったが、日本酒が人気だったことを覚えている。そんな懐かしさもあって、海野は、チラシをもらった時に、一度行ってみたいと思った。

海野は、その居酒屋のことをリサに話した。リサは、生魚があまり好きではないようだったが、和食は好きだった。リサは海野の提案に快く応じた。

その日本酒居酒屋はビルの2階にあった。1階の中華料理屋の脇の階段から2階のお店に行けるようになっていた。海野は、高齢者には不親切だなと思いながらもリサと階段を上り、ドアを開けて店の中に入った。

「いらっしゃいませ」感じの良い歓迎の挨拶が店の中に響いた。

「あら、この前お会いした方ね」カウンターの中にいる女性は、海野の顔を見て言った。

「あ、覚えていてもらえましたか」海野は言葉を返した。

「ええ、近くに住んでいるって言っていたから。気になって、来てくれるかなと思って期待してましたよ」1週間くらい前に会った奥さんは笑顔で答えて、海野とリサに店内の空いている好きな席を勧めた。

店内は10人くらい座れる白木のカウンターとテーブル席が5席ほどあった。店の奥には座敷席もあるようだった。海野はリサに気づかいながら、窓際の外の夜景が眺められる席を選んだ。海野はリサが外を眺められるように窓側に座った。カウンター席と同じような白木のテーブルは動かしてつなげれば、団体でも座れるようになっていた。店の中には海野とリサの他に2組、カウンター席には30代くらいの男性客が3人並んで、声をかけてくれた奥さんの旦那さんと話をしながら酒を飲んでいた。

席についたリサは白木のテーブルと椅子におさまって黒い水玉模様の白い服がよく似合っていた。海野はリサのことが大好きだった。何時も守ってあげたいように感じている。海野はふと自分の置かれている状況が少し不安になった。介護の仕事を始めた海野はまだ研修を受けている段階だった。リサは無邪気な目で海野を見詰め、メニューを見ながら料理に純粋に驚き感動しているようだった。特別珍しい料理ではないようだったが、リサは料理の味を想像して楽しんでいるようだった。何にでも前向きで、何時ものごとを良い方向に解釈をする。日常的な出来事も色鮮やかに語り、悪いことでも良いことに変えてしまうリサの性格は生まれつきなのだろうか？　それを損ねることなく、リサには、そのままでいて欲しいと海野は思う。

海野はこれまで投資会社などで日本や世界の金融市場がどう動くのか、企業が提供する製品やサービスの評価に基づいて株価や企業の価値がどう変化するのかを絶えず気にしてきた。海野が2日間の介護の基礎研修で聞いたのは、経済や企業経営の話とは全く関係のないもののようだった。人が集まってできる会社や、それらが寄り集まってできるもっと大きい経済などではなく、一人の人間、しかも、定年退職して体力が衰え、生活に何らかの障害を持つような高齢者の話だった。高齢者も一人の消費者ではあるが、海野がこれまで関心を持ってきたのは、むしろ若い世代における流行であり、そんな若い世代によって産業や経済がどう動くかということだった。

企業の人事の仕事では、定年退職後の社員のことも心配しなければならないだろう。海野は人事の仕事をしたことがなかった。新しい商品を売り出したら企業の売上や利益が伸びるかどうかということが海野の大きな関心事だった。健康に問題を抱える高齢者にいかに寄り添うかが問われる介護とは全く別の世界のようだった。高齢者のできない事をしてあげる。それは高齢者にとって必要で喜ばれるサービスであろう。しかし、そのサービスに高い値段を付けて売るわけにはいかなかった。サービスの価格はあらかじめ決まっている。どんなに良いサービスで、利用者に喜ばれたとしても受け取る報酬は決まっている仕事だった。大半は介護保険で賄われていて、利用者の負担割合は限られた。

会社が受け取る、介護サービスに対する収入は安定していても、介護サービスの本質的な部分は、利用者に対する介護職員の「奉仕」で支えられていると言っても良いだろう。それでいて、介護職員として、高い月給もボーナスも期待できそうにはなかった。海野は、そんな仕事に就いて大好きなリサと一緒に生活していくことができるのだろうか。仕事も家事も分担すれば良いのかもしれないが、海野はリサが働かなくても家に居て家事や子育てに専念できるだけの経済力を持ちたいと思っている。しかし、自分が選んだ人生は、そんな方向には向いていないように思えた。

リサは、メニューを見ながら考え込んでいた海野を不思議そうに見て、注文は決まったかたずねた。海野がうなずくとリサは、カウンターの中にいた奥さんを呼んだ。

日本酒をそろえた居酒屋に来たのだから日本酒を頼むべきなのだろうけれど、海野はとりあえず生ビールを注文した。研修の後でお腹が減っていた。空腹を満たすには生ビールでのどをうるおしてから食べた方が海野には心地良かった。リサも日本酒ではなくカシスのカクテルを注文した。

それからリサは、豆腐ののったサラダ、カボチャのグラタン、手羽先などを注文した。そして、お勧めメニューに載っていたシカ肉のジビエを頼んだ。海野はジビエという料理を初めて聞いた。海野は席を立ってトイレに行ったついでに、ジビエについてスマホで調べてみた。鳥獣害対策で捕獲された野生の猪や鹿などの肉を食べるのがジビエ料理のようだった。海野は特に野生の猪や鹿の肉を食べたいとは思わなかったが、お店のおすすめ料理を味わってみたいという好奇心はあった。

18　リサの仕事

店の奥さんが、海野とリサの飲み物を運んできた。どこかの陶芸家がつくったのだろう少し形の崩れた、それでいて味のある器に入った豆腐ののったサラダも出てきた。オーブンから出したばかりのカボチャのグラタンは黒い木の台にのっていて熱そうだった。手羽先は水をイメージするような青い陶器の皿にのってきた。器や皿も夫婦がこだわって選んだものだろうと海野は想像した。

海野はリサとグラスを傾けて乾杯した。冷えたビールはサラリと海野ののどを潤して食欲を誘った。リサもカシスのカクテルを一口、口に含んだ。

「美味しい」そう言うリサの頬は少しピンク色を帯びたようだった。

海野はビールを飲みながら、リサが小皿に取り分けてくれた豆腐ののったサラダを食べた。海野は夕食を食べながらリサの話を聞いた。リサは、最近中国で感染症が流行っているようで現地で作っている服がなかなか届かないという話をしていた。

リサは店ではもう中堅のスタッフになっていて、売り場の在庫の管理なども任されているそうだ。

海野が「すごいじゃん」とほめると、リサはそうでもないけどという顔で、少し沈黙してから言った。

「私ね、今度、店長代理になるかもしれないの」

海野がどういうことなのか聞くと、リサの店には、彼女よりも長く働いている年上のスタッフもいるけれど、地域の責任者がリサのことを気に入っていて、近々店の運営をする店長の仕事の一部を店長に代わって任されることになるかもしれないということだった。海野は感心しながらリサの話を聞いていた。リサも頑張っているんだなと海野は思った。

海野もリサのようにやりがいを持って働ける職場だと良いと思うのだが、とりあえず、今の職場は半年契約で、介護の基礎研修を修了することを一番の目当てとする職場だった。これから、どういう働き方をしていくかは、そんなに遠くない将来、しっかりと考えなければいけなかった。それでも、海野には不安はなかった。どうにかなる、道はあり、進路は拓けるという楽観があった。そんな道を見つけることは、大変でも、海野にとっては楽しみであり、喜びになるかもしれない。

鹿肉のジビエがガラスの皿にのって登場した。海野は、リサに断って、早速、その日初めて聞いたジビエを味わった。牛肉よりも少し歯ごたえがあるようだった。ショウガの味が効いていて、臭みはなかった。酒の肴として食べるのには良さそうだと海野は思った。

海野は、グラスのビールを飲み干して、日本酒の飲み比べに挑戦することにした。日本酒のメニューを見て、店の主人に教えてもらいながら、香りが良くてスッキリしているというお酒、海野が子どもの頃、よく行った海野の祖父の家の近くにある酒蔵のお酒、そして、フルーティだというお酒を選んだ。海野は、日本酒と一緒にあんかけ焼きそばとアスパラベーコンを注文した。

海野には、酒の味にこだわりはなかった。もっとも、海野は、どんな物にも特にこだわりはなかった。海野の意識の中にあるのは、値段に対してそれが良いか悪いかという感覚だった。たとえどんなに良くても高いものは、特に欲しいとは思わなかった。海野は、自然に接して心地良いものが好きだった。香りが良くスッキリしているというお酒は、やっぱり、そう感じた。フルーティなお酒は、やっぱりフルーティだった。祖父の家の近くの酒蔵の酒の味は海野にはよく分からなかった。正直に言って、飲むたびに味が違うように感じていた。特に美味しいというわけではないのだが、メニューに載っていれば気になって、気分転換に飲んでみたくなることがあった。

リサと一緒の夕食は楽しかった。料理も美味しかった。海野は、その日、リサに会った時に、黒い水玉模様の白いワンピースを着たリサから牛を連想したことを秘密にしていた。

それでも、時々ニヤニヤしているところをリサに問い詰められて、酔いも手伝って「牛みたいだと思った」と白状してしまった。それから海野は、リサの機嫌を取り戻すためにとても苦労した。

19　月曜日の出勤

月曜日の朝、海野は7時前に起きた。この日も目覚まし時計よりも少し早く目を覚まして、そのまま布団を抜け出した。朝ごはんは、買ってあったパンを焼いてバターを塗って食べた。牛乳もコップ一杯飲んで家を出た。海野のマンションから駅まで歩いて10分、駅から会社の近くの駅まで電車で20分、そこから歩いて会社まで10分くらいかかった。海野の仕事は10時から始まった。海野は、投資会社に勤めていた頃から毎朝新聞を読んでいる。介護の仕事とは直接関係はなかったが、海野は企業や経済の記事が気になったので、会社の近くの喫茶店でコーヒーを飲みながら新聞の記事に目を通して出社した。ジャージに着替え、9時45分からの朝礼を待った。

朝礼では、先週と同じように会社の理念が唱和された。司会者は、先週とは違う職員が務めた。当番が決まっているようだったが、新入社員の海野には、差し当たって関係なかった。

利用者のために働くということは、その家族のためでもある。自分のために働くということは、家庭を持っていれば、奥さんや旦那さん、そして子どものためである。両親が高齢である場合などは、両親のために働く必要もある。それは、会社組織の発展にもつながっている。社会のためにならなければ、会社が存在する意義はない。そして、本当の意味で利用者やその家族のためにならないだろう。もちろん、社員だって、会社だって地域社会の一員である。海野は、この日も、会社の理念を唱和しながら理念の意味について考えた。

理念を唱和した後、介護部長の神田と管理部長の田所が挨拶をした。神田は、先週、施設内で転んで入院した利用者のことを気づかって、職員に注意を促した。田所は、有給休暇の取り方について注意をした。海野には、有給休暇は与えられていなかったので、関係はなかったが、田所の説明は難解だった。田所は「遊びを理由にして仕事を休まないで下さい」と言った。遊びのために休んではいけないのなら、何を楽しみにして働くのだろうか？　海野にとっては、仕事が趣味で、遊びにもなっていたが、仕事とは別に遊びたい時もある。リサとのデートも欠かせない。遊びに行くために休みを取るにしても、遊びに行くと正直に言ってはいけないということなのか？　人手不足が慢性化していて、できるだけ休まないで欲しいという意味なのかもしれないと海野は思った。

10時から利用者の入浴介助が始まった。この日も、海野はTシャツと短パンに着替えて、入浴介助を見守った。この日、海野は、係長の田丸ではなく、主任の佐々木と一緒に行動して指示を受けるように言われていた。佐々木も田丸と同じように、海野よりは少し年上で、高齢者施設で長く働いているようだった。海野は、佐々木のそばで、利用者の衣服を脱がせる手伝いをした。佐々木からは「脱健着患」という言葉を教えられた。「服を脱ぐ時は健常な手足から。服を着る時は不自由な手足から」という意味だった。そうすることによって、手足に麻痺がある利用者が、苦痛やストレスなく衣服を脱いだり、着たりすることができるのだという。確かに、そうした方が、手足が不自由な利用者の衣服の着脱がスムーズにできた。海野は、田丸が行っていたように、動作ごとに利用者に声をかけて、衣服を脱がせた。海野が1人の利用者の衣服を脱がせる間に、佐々木は2、3人の衣服を脱がせていた。海野は丁寧にしているつもりだったが、慣れない仕事に戸惑いを感じた。

海野は、利用者の体を洗う介助にも入った。佐々木は、シャワーをかけるのも体を洗うのも、足や手など体の遠い所から体の内側に向かって行うように海野に指示をした。海野は、佐々木の言うように利用者の体を洗った。海野が一人の利用者の体を洗い終わるまでに、となりの椅子では2、3人の利用者が体を洗い終えて風呂に向かっていた。海野は、平常心で、自分のペースで利用者の体を洗った。丁寧に、そして安全第一と自分に言い聞かせた。風呂場の中は、ただでさえ蒸し暑かった。海野には息苦しいようであった。

入浴介助を終えて、ジャージに着替え直して、ホールに出てくるとお昼の介助が始まろうとしていた。海野は、先週初めてトイレ介助をしたキヨエさんとお昼の配膳が始まる前に2回トイレに行った。配膳が終わると、佐々木の指示に従って利用者の食事介助に入った。その日、海野は、スプーンで食事を口元に運ぶと普通に食べられる利用者の食事介助を担当した。

海野は、食事介助後のお昼休憩の時間に、コンビニで買ってきた弁当を食べながら、その施設でも、お昼に弁当を取っていることを知った。確かに何人かの職員が同じ弁当箱に入った弁当を食べていた。10枚セットの食券を買って、朝、注文箱に入れて注文するのだという話を聞いた。それでも、まだ、よく注文のシステムが分からなかったので、海野は当面、コンビニ弁当を続けることにした。昼食時間は、利用者の介助の後で、あまり食欲がなかった。

午後の入浴介助は、機械浴の利用者の衣服の脱着の介助をした。海野は利用者の皮膚の処置をする看護師と一緒に利用者の衣服を脱がせ、機械浴を終えた利用者の体をタオルでふき、服を着せた。看護師によって衣服の脱着の方法が微妙に違った。海野はその都度、注意を受けた。看護師は善意で、海野のためを思って助言してくれているのだろう。それでも、海野は、それらの注意に規則性を見出すことに苦しんでいた。

20　ヒヤリ・ハット報告書

午後の入浴介助を終えて、海野は休憩に入った。椅子に座って、軽く体のストレッチをした。水筒の麦茶での水分補給も欠かさなかった。休憩を終えて、ホールに出てきた海野は、佐々木と別の職員と一緒に、利用者のオムツ交換を始めた。海野は、佐々木と一緒に、先週見学した田丸のオムツ交換を思い出しながら、利用者のオムツ交換を行った。海野がオムツ交換をしたのは、海野の声かけに従って、体を左右に動かしたり、お尻を上げたりして、オムツ交換に協力できる利用者ばかりだった。それでも、海野が一人の利用者のオムツ交換を終える間に、佐々木は、4人部屋の他の利用者のオムツ交換を終えていた。

佐々木は、PHSを持っていた。オムツ交換の途中、何度となく呼び出し音が鳴った。その多くは、オムツ交換を必要としない利用者からで、一人ではトイレに行けない利用者や自分ではズボンの上げ下げができない利用者などが、トイレに行くために職員を呼ぶものだった。海野もタイミングが合えば、佐々木による利用者のトイレ介助に付き添って見学した。

オムツ交換を終え、オムツ台車を片づけ、一息ついた。海野を含めて3人でオムツ交換をしたので、通常の2人でのオムツ交換よりは時間がかからなかったはずだが、佐々木が海野のオムツ交換に気づかって、時々注意してくれた分、何時もより少し時間がかかっていたようだった。

この日も、夕食前にレクリエーションが行われた。担当の職員は簡単な体操をして利用者とのコミュニケーションを楽しんでいるようだった。この日もレクリエーションはそれほど長い時間ではなかった。海野は、体操、会話、歌などを組み合わせて色々なバリエーションを工夫できるだろうと思った。

オムツ交換中にトイレ介助を見学した田村とし子さんが、トイレに行きたいと海野に言った。夕食まではまだ少し時間があった。佐々木に聞くと、気を付けて介助するようにということだった。とし子さんのトイレ介助は海野に任された。佐々木から受けた注意は、とし子さんは、車椅子から手すりにつかまって立っていられるので、ズボンを上げ下げしてあげれば良いということだった。それでも時々、立っている途中に膝が折れてしまうことがあるので、気を付けるようにと言われていた。

海野は緊張しながらも、とし子さんの車椅子を押して、トイレに向かった。トイレに着くと、とし子さんは手すりにつかまって、立ち上がることができた。海野が膝折れに注意して、ズボンを下ろそうとすると、とし子さんの膝は、前触れなく脱力して、床に崩れ落ちそうになった。海野は、とし子さんを後ろから抱きかかえ体を支えた。とし子さんの全体重が海野の両腕にかかっていた。海野は、抱えたとし子さんの体をそのまま反転して便座に座らせれば良かったのだが、突然の対応で余裕がなく、とし子さんの体を重力に逆らわずにトイレの床に下ろすのが精一杯だった。力の抜けたとし子さんの膝は、海野の声かけに対して筋力を取り戻すことはなかった。海野は、とし子さんの両脇を抱えたままトイレの床に座り込んだ。冷静に対処すれば、床に座ったとし子さんの体を一人で抱き起こして、トイレの便座に座らせることができたかもしれない。しかし、とっさの出来事に驚いた海野にとっては、とし子さんの体を支え、とし子さんの体がいかなる衝撃も受けないように気づかうことしかできなかった。そして、床に座り込んだ海野には、とし子さんの体は鉛の固まりのように重く感じられた。海野はトイレの呼び出しボタンを押して助けを求めた。トイレに駆け付けた職員は、とし子さんに声をかけて、難なく床から抱え起こした。そして、トイレ介助を終えて、利用者がテーブル席について夕食を待っているホールへととし子さんを連れて行った。

海野は、夕食介助と利用者の口腔ケアの後、利用者を居室のベッドに寝かせる手伝いをした。そして利用者の着床が終わると佐々木からヒヤリ・ハット報告書を書くように言われた。1枚の用紙に、利用者の名前、出来事が起きた時間、場所、その内容、利用者の反応、職員による対応、想定される事故、再発防止策等について書くようになっていた。利用者がケガをするなどの事故には至らなかったが、「ヒヤリ」「ハット」した出来事を報告するものが「ヒヤリ・ハット」と呼ばれる報告書だった。海野は、とし子さんのトイレ介助で起きた出来事を思い出して、ヒヤリ・ハット報告書を正直に書いた。

21　海野、怒鳴られる

海野は、基礎研修のテキストをめくっている時に、ピラミッド型の図を見かけて説明を読んでみた。労働災害の現場では、1件の重大な事故に対して、29件の軽微な事故や災害、そして300件の異常があるのだと言う。海野は、ヒヤリ・ハット報告書を書きながら、そんな説明を読んだことを思い出した。海野は、佐々木や他の職員からトイレに座り込んでしまったとし子さんの事で、責められるようなことはなかった。海野は、再発予防策として、膝折れしてしまうような立っているのが不安定な利用者には、しっかりと手すりにつかまってもらい、立位が安定していることを確認してからズボンの上げ下げをする必要があると思い、そのように報告書に書いた。

ヒヤリ・ハット報告書を書いていたため、海野が退社する頃には日勤の職員は既に帰っていた。ホールの奥では、夜勤の職員が忙しそうに利用者の居室に出入りしていた。佐々木は、海野が帰るまでパソコンに向かって作業をしながら待っていてくれた。海野は佐々木に言われたように、ヒヤリ・ハット報告書を書類を提出するトレーに置いて、更衣室に向かった。佐々木は「疲れただろう」と言って海野を労ってくれた。

次の朝、海野は何時ものように出社した。とし子さんの事で、帰りが遅れ、マンションに帰ってからも、何度となく自分の不手際が思い出されて、寝るのが遅くなった。海野は更衣室でジャージに着替えながら軽い疲労を感じた。それでも、事務所で他の職員と朝の挨拶を交わす頃には、昨日の出来事は海野の頭の最後列へと移っていった。

この日も、朝礼を終えて、午前の入浴介助を行った。そして、お昼の食事介助をした。この日も、海野は佐々木と行動をともにした。佐々木は必要に応じて指示をしてくれた。コンビニで買ってきた弁当を佐々木と一緒に食べて、午後の入浴介助に入るまでは、海野の仕事は、ぎこちなかったものの特に問題はなかった。

午後の入浴介助では、機械浴と並行して行われている、車椅子を利用する利用者の入浴介助を行った。海野は、前日、体を洗うのを介助した利用者からお尻がヒリヒリするという苦情が出ていたことを佐々木から聞かされた。海野としては、便で汚れている利用者のお尻を奇麗にしようとして、念入りに洗ったつもりだったが、それが利用者には苦痛になっていたようだった。海野は、こちらが善意でも、利用者にとって負担や苦痛になることがあるのを残念に思った。海野は、利用者に聞きながら、反応をみて、程々の対応を心がけようと考えた。

海野は、車椅子に乗った利用者の衣服を脱がせ、入浴用の車椅子に移乗してもらい洗い場で体を洗う介助をした。他の職員よりも少し遅かったが、利用者に声をかけながら、できるだけ丁寧に、それでいて、利用者の負担や苦痛にならないように注意して利用者の入浴を手伝った。2、3人の入浴を介助した後、利用者の車椅子を押して洗い場に入ろうとすると脱衣室に怒鳴り声が響いた。

「**お前、そんなことして良いと思っているのか！**」

その大声は海野の方に向けられていたようだった。

海野がその声の主の方を見ると、海野より少し若いが施設では4、5年働いているのだろう仕事の要領は押さえているといった男性の職員が海野の方をにらみつけていた。体形はガキ大将といった感じで、「ケンカするなら負けないぞ」という雰囲気があった。

その羽山という職員は、海野が押していた利用者を乗せた車椅子が、脱衣室の床に置かれていて浴槽まで伸びていた透明の細いチューブを踏んだ事を責めているようだった。浴室では、鼻に酸素のチューブをつけた利用者が湯船に入っていた。そこからチューブが車椅子を押す海野の足元を通って脱衣室の機器までつながっていた。肺の病気があるのだろう、機械から供給される酸素を鼻から吸っている利用者であった。海野は何気なく床のチューブを車椅子で踏んでしまったのだった。と言っても、何か注意されていたわけではなく、他の職員もそうしていたようなので、海野は特に気にしていなかった。

羽山は大声を出した後、他の職員の前で気まずかったのか、それとも、利用者のためを思う自らの善意を示したことに満足したのか分からなかったが、それ以上は海野に何も言わなかった。羽山は、海野と床のチューブを交互ににらみつけた後、何事もなかったかのように、利用者の衣服の脱着やホールへの移動を介助する仕事に戻っていった。

海野は、どうして良いか分からなかった。床のチューブを手で拾い上げ、上に押し上げて、その下を車椅子を押して通ってみた。海野が押していた利用者を乗せた車椅子は既に、床のチューブを越えていたので、そのまま浴室に入れば良かった。しかし、注意を受けて気を付けているという姿勢を示そうと思ったのか、あるいは、どう対応したら良いか分からず、思いついたようにやってみたかったのかもしれない。海野はとっさに、そんな行動をした。周りの職員も大声に驚いて海野と羽山の方を見たが、誰も何も言わなかった。

海野が床のチューブを押し上げて、その下を車椅子を押して通ったところを見ていた別の職員の反応は、「別にそんなことをしなくても良いよ」というようだった。

22　困惑の午後

海野は羽山に怒鳴られてから、利用者の介助を行っていても、半分の注意はそこになかった。海野の頭の片隅では、「何が悪くて怒鳴られたのか？　どうすれば良かったのか？」という原因と答えの検索が続いていた。入浴介助を終えた後の休憩時間も、オムツ交換をしている最中も、海野の意識の半分は、入浴介助を行っていた脱衣室の中に置き忘れられているようだった。

海野が羽山に怒鳴られた時、佐々木は利用者を連れてホールに行っていた。佐々木も脱衣室で起きた出来事について他の職員から聞いていたのではないかと思われたが、佐々木は、海野が退社するまでの間、その事件について何も言わなかった。羽山の大声を聞いた職員の中でも誰も、海野に、そのことについて話しかけたりはしなかった。取るに足りない小さな出来事だという扱いなのかもしれない。海野も、あえてその事について話題にはせず、誰にも相談しなかった。海野は、**誰も正しい答えを教えてはくれない**と心の中で感じていたのかもしれない。

海野はマンションに帰っても、ぼんやりとその日の出来事を考えた。リサは、この日も遅番で遅くまで働いているようだった。海野は、昨日の夜、リサにメールをしたが、結局、その日のお昼前までリサから返事は来なかった。退社して駅に向かう途中でメールをチェックするまで、海野もリサの返信に気付かなかった。リサのメールには、昨日閉店した後も打ち合わせがあって、打ち合わせの後も会社の友達とお茶をして帰ったので海野のメールに返信が遅れてしまったと書いてあった。今日も午後から出社で、帰りは遅くなりそうだということだった。海野は、リサに昨日のとし子さんの話も今日の羽山に怒鳴られた話もするつもりはなかったが、リサと話がしたかった。リサの声が聞きたかった。海野は、シャワーを浴びた後、リサにメールをした。忙しいリサを気づかう短い文章を書いた。そして、失敗続きで少しへこんでいるとだけ海野の状況を伝えた。

リサの返信は期待できなかった。海野は帰り道に弁当屋で買った弁当で夕飯を済ませた。海野は、テレビのニュースと音楽を聞いて寝るまでの時間を過ごした。12時過ぎに布団に入った。

仮に、海野にミスがあったとしても、それが利用者の生死や緊急を要するようなものでない限り、人前で大声で怒鳴って海野を叱りつけたのは、羽山の方が悪いだろう。入社して1週間も経たず、まだ職場にも仕事にも慣れない海野を人前で叱りつけたことも問題だが、特に利用者の前で利用者に聞こえるように叱りつけるような事ではなかった。入浴していた利用者は酸素の供給を必要としていたが、車椅子がチューブに乗って酸素の供給が一時的に滞ったとしても、それで呼吸に支障が出るようなものではなかった。むしろ、細いチューブの上に車椅子で乗ったことによるチューブの劣化を気づかうべきではないだろうか。そんなことを海野は考えた。

入社後に海野は羽山を職場で何度か見かけていた。羽山の方が海野よりも若いが、羽山は海野よりも介護の経験も職場での勤務も長かった。そんな羽山の自負心から、海野は羽山にライバル視されているのかもしれない。

羽山は仕事中に誰かに大声で怒鳴られた経験があって、同じことを海野にもしたのではないだろうか。羽山のガールフレンドが職場にいて、そのガールフレンドが海野のことを話題にしたことが気に障ったのではないか。海野の想像は広がった。それでも、そのくらいにして、海野は羽山のことを詮索することをやめた。海野は羽山と少し距離を置こうと思った。海野と羽山は別の部署に所属しているので、職場で顔を見かけることはあるが、海野が羽山と距離を置いても仕事上の支障が出ることはなさそうだった。

海野が眠りにつこうとしている時に、携帯電話が震えた。海野は何時も携帯をマナーモードにしている。リサからの電話だった。仕事を終えてメールを見たリサは、海野が落ち込んでいるようなので心配して電話をかけてくれた。海野はリサの声を聞いて、とても安らかな気持ちで眠りにつくことができた。

23　年功序列

海野は、次の日も家で朝食を済ませて、喫茶店で新聞を読んでから出社した。その朝、海野は羽山を見かけた。羽山は海野よりも早く出社していて既に仕事を始めていた。出勤と退勤の時間が決まっている新人の海野と違って早番や遅番などの勤務があるのだろう。羽山は、ホールの一角で担当する利用者と話していた。羽山は海野に気づかなかった。

羽山が海野を見る目つきには、鋭さがあった。敵を見るようだった。海野は羽山に恨まれるようなことをしていないと思うが、昨日の事件が、羽山の海野に対する敵対を決定づけてしまったのではないか。仕事に不慣れで要領を得ない海野を、羽山は、許せないのかもしれない。

海野にも羽山に付け込まれるだけのスキがあった。他の職員も何気なく酸素を供給する細いチューブを踏み越して利用者の乗った車椅子を移動していたようだったが、必ずそうだったかと言えば自信を持てなかった。チューブを車椅子で踏めば、チューブは劣化して破損してしまうこともあるだろう。ある程度、現場で経験を積めば、その場、その場での適切な対応があり、臨機応変に振る舞えるだろう。介護の仕事を始めたばかりの海野にそんな余裕はなかった。

親切な職員であれば、利用者の前で大声で怒鳴りつけるようなことはせずに、利用者には聞こえないように配慮して、こっそり海野に注意してくれたのではないだろうか。皆、忙しいにしても、別の機会に時間を見つけてアドバイスしてくれても良かったのではないだろうか。

羽山は自分の仕事に追われていて、また、別の部署の新人の海野に助言する必要も義理もないにもかかわらず、手っ取り早く、その場で大声を出して注意をしてくれたと前向きに考えることもできる。ある種の親切だったのかもしれない。

海野にとっては理不尽でも、相手にとって何らかの正当性がある場合、正しいと思った方、自分の行動に何の疑問もはさまずに率直に行動した方が優先されるのだろう。そういう行動を人は憎まない。会社に忠実に働く年月が長ければ長い程、そんな率直な行動が周囲に認められ、尊重されるのかもしれない。仕事を始めて1週間も経たない海野にとっては何もかもが不利なように思えた。

職場で、大声で、大きな態度で振る舞える存在。その人の組織との相性もあるだろう。恵まれた環境があれば人は職場で活躍できるかもしれない。頑張っているからこそ周囲に認められ、環境が改善していく面もあるだろう。能力も働く意思も、自分が決めるもの。環境は、与えられる面もあるが、むしろ作っていくものなのだろう。そんなふうに考えると、海野の肩の緊張が少し楽になるようだった。

何も自分から求めて火中の栗を拾いに行くことはない。羽山のような職員にとっては不慣れな仕事をマイペースでこなす海野のような存在は癪に障るのだろう。かといって、海野には人のペースで仕事をこなすだけの余裕も力量もなかった。自ずとマイペースにならざるを得ない。

その日も、いくつかの不手際はあったが、少しは利用者の役に立っているという実感に支えられて、海野は、その日の日課をこなした。キヨエさんのトイレにも少しは上手く付き添うことができるようになった。とし子さんにも注意をして、トイレでのズボンの上げ下げができるようになった。海野は、午後の休憩時間に、廊下のソファーに座っていた何時も笑顔の男性の利用者と話をした。松本貞雄さんは、孫が、まだ小さな子どもを連れて会いに来てくれたことをとても喜んでいた。貞雄さんの孫は、どうも海野とそれほど変わらない年齢のようだった。

その日の夜、海野はリサと電話で話した。海野は、次の日は介護の基礎研修の一環で、勤務している施設とは別の施設の仕事を見学することになっていることをリサに伝えた。

そして金曜日は、初めての休みだった。リサも金曜日は休みだという事だったが、友達と買い物に行くのだという。海野は街を歩いて高齢者施設の日常とは違った世界を探してみたかった。明日の施設見学のレポートと先週の研修のレポートも書かなければならない。今週も土日は介護の基礎研修を受ける。研修のテキストにもできるだけ目を通しておきたかった。

24　デイサービス

木曜日の朝、海野は何時もよりも少し早く家を出た。この日は、基礎研修の一環として勤務している高齢者施設とは別の施設の仕事を見学することになっていた。海野に割り当てられたのは**デイサービス**という、自宅に住んでいる利用者が日中通ってきて他の利用者と一日過ごすための施設だった。海野は、朝の9時から夕方の5時まで、ソレイユ・グループのデイサービスの一事業所を見学することになっていた。海野は、予め言われていた8時30分の少し前にその日見学する施設に着いた。入り口を入ると職員が、利用者を迎える準備をしていた。海野が、基礎研修のために施設見学に来たことを伝えると、職員が会議用のスペースに案内してくれた。海野はそこでしばらく待ってから職員の案内に従って更衣室で何時ものジャージに着替えた。バッグはロッカーに入れて、はじめに通された会議用のスペースに戻ると、その日の海野の施設見学を担当してくれるという山本を紹介された。海野が山本に挨拶をすると、山本は早速、朝の利用者の送迎に職員と一緒に同行するように海野に指示をした。山本は、海野に利用者を介助する必要はなく、基本的に見ているだけで良いと注意した。

海野は、三浦という女性の職員と車に乗って出かけた。利用者の自宅前に車を止め、利用者を出迎えた。表札には「神林」と書いてあった。80代半ばくらいだろうか、白髪頭の男性が家族に見送られて家から出てきた。手には杖を持っていた。三浦が神林さんの歩行を気づかって、車の助手席側に案内した。助手席のドアを開けると助手席のシートがスライドして神林さんが乗りやすいように外を向いた。神林さんがシートに腰を下ろすと、シートは元の位置に戻り、前方を向いた。海野は後部座席に乗り込み、三浦が家族との話を終えるまで車の中で神林さんと二人で過ごした。海野は神林さんに「おはようございます」と挨拶しただけで、話しかける言葉がみつからず黙っていた。海野は「こちらに住んでいるんですか？」と神林さんに問いかけたが「そうです」という答えで終わってしまい、会話にはならなかった。三浦は神林さんの家族と話し込んでいた。神林さんの家やデイサービスでの様子などについて話しているのだろう。海野は三浦が神林さんの家族と話し終えるのを待った。神林さんが持っていた杖は海野の隣の後部座席に置かれていた。

デイサービスに着くと、車を降りる三浦の後を追うように海野も車を降りた。三浦が助手席側に回って神林さんが車から降りるのを手伝うところを近くで見守った。三浦が「杖は？」と言うので海野は後部座席に置いてあった杖を取って三浦に渡した。三浦は杖を受け取って神林さんに差し出した。

デイサービスに通ってくる利用者は、ホールのテーブル席に集められた。利用者は20名ほどだった。テーブルに着くとそれぞれコップに入ったお茶が出された。職員が忙しそうに体温計と血圧計を持って利用者を回ってバイタル測定をして、記録表に書き込んでいた。海野は、利用者と目が合うと「今日一日、見学させていただく海野です。よろしくお願いします」と言って挨拶した。海野は研修所で指示されたように胸に大きく名前の書かれたエプロンを付けていた。海野は胸に書かれた名前を見せながら、利用者に挨拶をした。

午前中、利用者の約半分が入浴のために順番に風呂に向かった。残りの利用者はホールで過ごすようだった。海野は、午前中は入浴介助を見学することになった。海野が勤める施設では入浴介助を見学して、今週からは既に入浴介助を実際に行っていたが、この日、海野は入浴介助をする必要はなかった。海野の勤務する施設に比べれば小さい脱衣室があり、その奥が風呂になっていた。海野は、脱衣室の片隅で職員が利用者の衣服を脱がせて、利用者の多くが自分で歩いて風呂に向かうのを見学した。午前中の前半が男性で後半が女性の入浴になっていた。海野は後半の女性の入浴介助も少し見学したが、海野の勤めている施設と違って、自分で入浴できる利用者が多く、女性の中には男性の介助を拒否する利用者が多かった。女性の入浴の大半に海野は立ち会うことができなかった。海野が、職員ではなくその日限りの見学者であったことも利用者が警戒する要因だったのだろう。

入浴を終えた利用者には、また、お茶が出された。一部の利用者はジュースを飲んでいた。昼食の時間には台車に載った食事が運びこまれて、職員が手分けをしてそれぞれお盆に載った食事を利用者に配った。海野は、手伝う必要はなかったようだが、お盆を2、3個、職員に教えてもらって利用者の前のテーブルに置いた。海野は、お盆に載っている利用者の名前を読み上げて、その日の献立を簡単に説明した。何人かの利用者はエプロンを着けていた。介助しなければお昼を食べられない利用者は少ないようだった。海野は、食事を終えた利用者の下膳を手伝った。お昼を食べ終えた利用者には、職員が薬を配っていた。

近くのテーブルに座っていた3人のおばあちゃんが海野に、「野菜を制限されている」、「納豆を食べてはいけないと言われている」、「グレープフルーツもダメ」などと教えてくれた。病気や薬との関係で、食事制限があるようだった。海野にはどんな食べ物とどんな薬や病気が関係しているかは分からなかった。

利用者のお昼が終わると、海野はお昼休憩となった。職員と一緒に、職員の控室でコンビニで買ってきたおむすびを食べた。海野は、職員に別のグループ施設で働いていること、まだ介護の基礎研修を受講し始めたばかりであることなどを話して自己紹介をした。職員は海野が研修生であることに気をつかって話しかけてくれていたようだった。

職員のお昼休憩が終わると、利用者のレクリエーションの時間になった。一部の利用者は午後の入浴に向かっていた。海野は利用者がカラオケで歌を歌うところを見学した。午前中に海野が入浴介助をしていた時間帯にもホールでは何らかのレクリエーションが行われていたのだろう。

カラオケ施設は、その建物の地下にあって、利用者はエレベーターで地下に降りてカラオケ機器を取り囲んで座った。一部の利用者は職員の介助を受けてカラオケルームへと入ってきた。利用者はそれぞれ持ち歌があるようで、職員が利用者の持ち歌の番号を入力していた。海野が聞いたことがある歌もいくつか歌われたが、多くは初めて聞くような曲だった。見学に来た海野に歌う順番は回ってこなかった。もし海野が歌えと言われれば、歌えないことはなかった。それでも、利用者のほとんどが知らない歌しか歌えないだろうと海野は心配になった。

5時までの施設見学は、終了の30分前に施設見学に対する評価シートを記入して、感想を書く時間が与えられた。海野は朝案内された会議用スペースで研修所で前もって渡されていた評価シートを記入して、その日の感想を書いて担当の山本に渡した。海野の施設見学は予定通り5時に終わった。

25　初めての休日と週末の研修

木曜日のデイサービスの見学の後、金曜日は海野にとって高齢者施設で働き始めてから初めての休日だった。そうは言っても、リサは友達と買い物の約束があると言って、海野はせっかくの休みをリサと一緒に過ごすことはできなかった。

会社に行く日よりも遅く起きた海野は朝食を済ませて街へと出かけた。リサが選んでくれたスカイブルーのシャツを着て、バッグを肩から提げてマンションを出た。肩にかけられるバッグは、新聞や本を読みながら電車に乗る時に便利だった。海野はホームセンターで買った安価でシンプルなバッグを愛用していた。ちなみに、海野は仕事に行く時はバックパックのリュックを使っている。これも両手が自由に使えて電車での移動に向いていた。ジャージや入浴介助用のTシャツや短パンなどを詰めるのにも便利だった。

本屋に行って棚に並んでいる本をザッと眺めた。目を引いた題名の本を手に取って、ページをめくった。目次を見て、興味のあるページを開いて読んでみた。海野はビジネス書や雑誌のコーナーで、何冊かに目を通した。この日、買いたいと思う本はなかった。ビジネス書には関心があり、手に取ってみるのだが、介護や福祉の分野に踏み込んでいる海野にとっては、関わりが薄く感じられた。介護や福祉に関しては、真新しい介護の基礎研修のテキストが家の本棚に収まっていて、それらを読まなければならないため、他に新しい本を買う必要も余裕もなかった。

お昼には豚骨ラーメンを食べた。当てがあったわけではなく、街を歩いていて感じの良さそうな店に入った。海野は白いコクのあるスープとよく絡むボソリとした細い麺が好きだった。一杯目を出されたままの構成で味わい、替え玉を注文して高菜、紅ショウガ、胡麻などのトッピングを加えて2杯目のラーメンの味を楽しんだ。この日の海野の店の選択は悪くなかった。

午後は、冬物の服を眺めて、靴下とパンツを買った。それから、図書館に寄って、新聞各紙のここ数週間の紙面を振り返った。そして、公園の芝生に横になって青い空を眺めた。一週間の疲れもあったせいか、少しうとうとしてしまった。スピーカーから流れる5時の音楽を聞いて家路についた。リサとは、その日会えなかったが、日曜日に研修が終わった後に会う約束をしていた。芝生に横たわってリサのことを考えると彼女の家の周りの街並みや彼女と歩いた繁華街の雑踏が目に浮かんだ。海野は、リサと友達の買い物を邪魔しないように、家に帰ってからメールを送ることにした。介護の仕事を始めたばかりだが、今の心境を整理することができたように海野は思った。

土曜日の研修は9時から始まった。海野はこの日も昼の弁当を注文して、講義が始まる少し前に席についていた。時間通りに講師の高杉が教室に入ってきて、講義が始まった。午前中のテーマは「認知症」だった。

海野にとって、認知症とは、高齢者施設で働くようになるまでは、ほとんど縁のない病気というか障害であった。海野が高齢者施設で働き始めるまで、海野と認知症との関わりは、ニュースで認知症患者が今後数百万人増え、高齢者の5人に1人が認知症になるなどの予想を耳にするくらいであった。海野の家族や近い親戚に認知症の高齢者はいなかった。

勤務している高齢者施設で接する利用者の多くは、多かれ少なかれ認知症の症状を抱えているようだが、明らかにそれと分かる利用者は少なかった。加齢に伴う、物忘れ、理解力・判断力の低下、難聴なども認知症の症状と年齢相応の状態の区別を曖昧にしている要因だろう。

この1週間で、海野が関わった認知症患者と言えば、恐らく、トイレに頻回に行きたがるキヨエさんが認知症に当たるのだろう。そうは言っても、トイレに頻回に行きたがるのは、精神的な要因が強いのではないかと海野は考えている。元々の性格にもよるのだろう。排泄を失敗したくないという強い思いや必要な時にトイレに行けないかもしれないという脅迫観念などもあるのではないか。

同じ高齢者施設の中でも海野が担当している部署以外には認知症患者は多いのかもしれない。出社初日から機械浴で接している片手だけとても活発に動く男性の利用者も認知症なのだろう。あらゆる刺激に対して右手で抵抗しようとする行動は、気難しいと言うか、怒りっぽいと言うか、明らかに正常ではなかった。この「ケイゴさん」と職員に呼ばれる利用者が、海野にとっては一番印象的な、恐らく認知症の利用者だった。ケイゴさんの介護は何時も2人がかりで行われていた。

海野は、高杉の甲高い解説とテキストに沿って、認知症の種類として聞いたことのある「アルツハイマー型」の他に、「血管性認知症」や「レビー小体型認知症」などがあることを学んだ。そして、認知症の症状は、記憶障害などの「中核症状」と妄想や徘徊などの「周辺症状」に分けて考えられることを知った。海野は、認知症の利用者の脳のレントゲンを見比べたことはないが、認知症の種類とは脳の損傷の状態であり、症状は人によって様々なのではないかと思う。

26　障害について考える

海野は、お昼の弁当を食べて、午後の講義に臨んだ。その日の弁当のメニューは幕の内弁当だった。海野は幕の内弁当に入っている魚があまり好きではなかった。海野は肉と魚の選択であれば通常は肉を選ぶ。魚が食べられないわけではないが、肉の方がお得感があった。それでも、海野の理性は魚の方が健康に良いということを繰り返し聞かされていて、魚が出されれば、残さず食べることにしている。この日の献立も、ある種の挑戦と受け止めて、海野は幕の内弁当を注文した。弁当に入っていた鮭の塩焼きは、臭みもなく、弁当全体として美味かった。この日も、海野は水筒の麦茶に加えて、ブレンドコーヒーによる眠気対策を怠らなかった。

午後も高杉による講義が続いた。高杉は、午後の授業を、この一週間で行われた施設見学の感想を何人かに聞いてから始めた。海野は指名されなかったが、他の受講者も同じような経験をしているのだと思い、クラスとしての一体感を感じた。午後の講義のテーマは「障害」だった。午前中の認知症に続いてのテーマだった。どちらも自分自身の問題としては認識していない海野にとっては、同じようなものにも思えた。一方で、認知症は、それを発症すると、その自覚さえなくなってしまうが、障害は、種類にもよるが、それを意識して生活せざるを得ないのではないかと海野は考えた。

高杉が、テキストに沿って、人が障害を受け入れる過程について説明した。人が障害を受容する時は、①ショック、②回復への期待、③混乱と苦悩、④適応への努力、⑤受容というプロセスをたどるのだという。海野は自分が車椅子で生活しなければいけなくなった場面を想像して、障害の受容について考えてみた。海野はおよそ、そのような過程について共感し理解することができた。それは、受験の失敗やテニスの試合での敗戦などの海野の経験とも重なるようだった。高杉は、「失恋」を例に挙げていた。相手との相性や相手に対する姿勢などから、必ずしもそうではないのではないかとも海野は感じたが、そんなふうに失恋を克服することが一般的なのだろうとも思えた。

大まかに言えば、現実を受け入れられずに取り乱し、落ち込む。そして、期待通りに困難を克服したり、健康を回復することができるだろうと願う。それでも、克服も回復も望めないために自分を見失い、深く思い悩む。しかし、やがて障害を受け入れるための発想や姿勢が生まれ、前向きな取り組みが始まる。そして、ついに障害を日常の一部として受け入れられるようになるということである。

海野は、**障害の受容は、失敗の克服とは違う**のだろうと思う。失敗は、致命傷とならない限り、また、障害として残らない限り、それを踏み台にして、より高く飛ぶ事ができるだろう。しかし、障害は、障害者の体の一部、日常の一部として上手く付き合っていかなければならない。より高いところを目指すことや広い視野で別の道を探すことなどとは異なり、障害と共生する心の広さや深さが問われるのではないかと思う。

午後の講義と確認テストを終えて、海野は家に帰り着いた。「仕事が終わったら電話する」というリサのメールに「了解」とだけ短い返信をした。海野が、その日の研修のテキストを読み返して、翌朝提出する研修のレポートを書き終える頃に、リサから電話が来た。リサは、明日、海野と一緒に映画を観に行きたいということだったが、待ち合わせ時間と観たい映画の上映時間が合わないと嘆いていた。次回、映画に行くことにして、今回は海野が行き先を決めることになった。海野は、介護の仕事で絶えず動き回っているが、何か軽いスポーツがしたいと思い、リサをボウリングに誘った。リサはボウリングをすると腕が太くなることを心配していたが、海野はどちらかと言えば痩せているリサの腕が少し太くなったとしても何の問題もないのではないかと思っている。リサは海野の提案を受け入れてくれた。そして、ボウリングの後の夕食のメニューも海野が考えておくことになった。海野は、日付が替わる頃にリサとの電話を終えた。そして、その日の研修のテキストの範囲に目を通してから布団に入った。海野は、その日の研修所の弁当が、カレーライスになっていたことを思い出した。海野の好きなメニューだった。

27　ノーマライゼーションとは

海野は、日曜日の朝も仕事に行くような感覚で家を出た。海野の雇用契約は、研修中も時給をもらうことができるようになっていた。それほど多額ではなかったが、お金をもらいながら学べることに、申し分はなかった。もっとも、海野は給料をもらうことと学ぶことだけで満足はしていなかった。海野には、提供する価値やサービスを、それを必要とする誰かに届けることに対する費用対効果の意識があった。今は研修期間中であり、研修に参加して、テストに合格しなければならないが、高齢者施設では、自分の労力を上回る価値やサービスを利用者に提供できるようでありたいと海野は思っている。もちろん、それを勤務する高齢者施設が認め、海野のことを正しく評価してもらえなければ始まらない。

日曜日の研修のテーマは「生活援助技術」だった。今後研修の中で演習する介護技術について一通り知識を整理するための時間だった。オムツ交換の手順、ベッドから車椅子、また、車椅子からベッドへの移乗、食事介助における注意点、入浴介助時の体の洗い方などをテキストに沿って勉強した。

海野が研修の中で接した言葉の中に「ノーマライゼーション」という言葉がある。英語で生活していたことのある海野の頭は、この言葉を「正常化」、「標準化」と訳して理解しようとしていた。何を正常化・標準化するのかと言えば、介護との関わりでは、高齢者や障害者、もう少し広く言えば、困っている人、正常でも標準でもない状態にある人々が正常な生活、標準的な生活を望む時に現実との乖離を埋めるということなのだろう。高杉の説明では、高齢者や障害者などが、年齢や障害の有無、社会的少数であることなどを問わずに、普通の生活や十分な権利が保障されるような環境と生活援助が必要だということだった。そのための介護の知識や技術を習得しなければいけないということだった。

この北欧で生まれたという福祉の理念は、海野にとっては難解というか、なかなか消化できないもどかしさやわだかまりがあった。ほとんど介護や福祉について経験のない海野にとって簡単には理解できない奥の深さもあるのだろう。一方で、差別意識や障害者に対する健常者の優越感のようなものも潜んでいるのではないかとも感じる。

障害者が、健常者と全く同じように身体を動かして生活することは不可能である。障害者は、健常者に対して何らかのハンディを負うだろう。障害者と健常者の比較であれば当然、健常者の方が優位である。この歴然とした溝を埋めるものは、障害者における意識や努力と健常者における理解、寛容さや包容力ではないだろうか。健常者が生活の余裕の一部を障害者に分け与えるような意識では足りないだろう。

海野は、アメリカの短期大学に通っていた頃に、日本人の学生や主婦を教師とする日本語学校を作ろうとしたことがあった。名門の大学に通う優秀な日本人学生は結構いた。日本での教員免許や保育士の資格などを持っている主婦もいた。海野は、そんな社会に埋もれて活用されていない人材や能力を活かしたビジネスを考えたが、実際、日本語教室を開いても、思うように生徒は集まらなかった。日本語を教える講師の資質や技能の問題もあったが、なかなか信用を得ることができなかった。

健常者でも、何か新しいことを始めようとする時、何かに挑戦しようとする時に、周囲から知的障害者、精神異常者のように扱われることがある。日常に安住するのではなく、日常における不自由を乗り越えていく健常者の意識が、高齢者や障害者との共生においても必要なのかもしれない。海野は、淡々と続く高杉の講義を聞きながら、そんなことを考えた。

期待していたお昼のカレー弁当は、まだほんのりと温かく、美味しかった。お昼の時間には、その日の講義でグループワークを一緒にしていた受講者と情報交換をすることができた。新しく介護施設を開設するために勉強しているという60代の夫婦の話も興味深かった。

午後の高杉の講義も高齢者の生活援助に関する技術的な解説が続いた。高杉の解説は、海野が施設で行う入浴介助やオムツ交換で先輩職員から既に説明されていたことや、海野が他の職員の介助方法を見て何気なく実践しているような内容が多かった。海野がテキストを初めて手にしてパラパラとめくっている時に見かけた、利用者の目頭から目尻に向かって顔をふくことや、額や鼻をふき、鼻から外側に向かって頬をふくことが矢印で示された図の解説などは、海野が既に利用者の介助に取り入れているものだった。

翌週からは人形や受講者同士を相手とする介護技術の演習が始まるので演習をしやすい服装で来るようにという高杉の注意で午後の講義は終わった。確認テストを終えて、海野は周囲の受講者に挨拶をして、教室を出た。その日の確認テストも講義を聞いていれば不合格になるようなことはない問題ばかりだった。

日曜日の研修を終えて、海野は、リサとボウリングに行くために待ち合わせた駅の改札へと向かった。

28　ボウリングと運勢

海野が日曜日の研修を終えてリサと待ち合わせた駅の改札に着いたのは待ち合わせの時間の少し前だった。海野は人通りが絶えない駅の改札の一角でスマホをチェックした。リサからの電話もメールも入ってはいなかった。待ち合わせの時間ピッタリにリサはボウリング場とは逆の方向の通路から現れた。海野はリサを見つけて、合流した。リサは、少し早く来て駅の近くの店を見ていたということだった。海野とリサは、リサが歩いてきた人の流れに流されるように駅を出てボウリング場へと向かった。駅を出るとボウリング場の大きなピンの目印が見えてきた。

海野とリサは、エスカレーターに乗ってボウリング場のフロアーへと上がった。海野が受付を済ませて、それぞれ靴を借りて待合のベンチに座って順番を待った。リサは、海野が高齢者施設の仕事で何か落ち込んでいるようだったので心配してくれた。20分くらい待っただろうか、「海野様、２名様」というアナウンスが流れた。海野は受付でボウリングのレーン番号が書かれたカードを受け取って、リサと11番レーンに向かった。

海野とリサはボールを選び、プラスチックの硬いベンチに座って練習開始のボタンを押した。海野が先にボールを投げた。海野はボールを投げる直前まで完璧なストライクのイメージを持っていたが、ボールが手を離れた瞬間に、ボールはイメージよりも右にそれて4本しかピンを倒さなかった。2投目は海野のイメージよりも左にそれ3本しか倒さなかった。結局、真ん中の3本のピンが残された。典型的な海野のスタートだった。リサは練習の1投目で8本ピンを倒した。2投目はピンとピンの間をボールが通り抜けて行った。

海野は決してボウリングが上手くはなかった。ゲーム開始後、海野のボールは左右に振れ、終盤にボールの軌道がやや定まってくるのが通常のパターンだった。実際、1ゲーム目は100点を超えることが海野の目標になっていた。2ゲーム目で120点を超えれば海野は満足していた。海野は、小学生の頃から家族に連れられて時々ボウリングをしていたが、20歳を過ぎた頃からスコアはほとんど変わっていなかった。

海野には、ボウリングに対して特別な向上心はなかった。マイボールもマイシューズも持つ予定はなかった。海野は、ボールの軌道が安定しないのはプロの選手がしているようなプロテクターを手首に着けていないからではないかと考えている。海野は、あくまでもプロテクターなしで、その日に借りるボールとシューズでできる範囲で最高のボウリングを楽しみたいと思っている。

海野にとっては1ゲーム目の100点、2ゲーム目の120点との乖離が、その日の体調と運勢を表すバロメーターになっていた。海野はボウリング場に、軽い運動とその日の運勢を占いに来ているようなところがあった。

その日も1ゲーム目の海野の投球は左右に揺れ、8フレームでスペア、10フレームでストライクを出して辛うじて100点を超えた。2ゲーム目は、いくつかのスペアとストライクを組み合わせて平均的なスコアを出すことができた。この日、海野の調子は悪くなかった。占いで言えば「吉」と言ったところだった。

リサは、無理せずに丁寧にボールを投げて1ゲーム目は海野よりも少しスコアが良かった。2ゲーム目もリサはスコアを伸ばしたが、海野の方がリサよりも少し点数が良かった。海野は介護の基礎研修の話も高齢者施設での出来事もリサに話さずに、自分の投球を安定させることに一番気を使った。リサは、遅番の仕事が続いていたが、週明けからは少し早く帰れるようになると話していた。リサは、海野の研修の日程に合わせて日曜日に休みの希望を入れているということだった。海野は、お昼に食べたカレー弁当についてできるだけ詳しくリサに説明した。海野とリサは、海野の研修の予定に合わせて来月は一緒に休みを取って、先週行けなかった農家レストランやリサの観たい映画に行くことを話した。

2ゲームを終えて海野は上機嫌でボウリング場を後にした。リサは海野が機嫌が良いことを何よりも喜んでくれているようだった。海野とリサは寄り添って歩いた。海野は、この日の夕飯を食べる場所として二つの案を用意していた。一つは、窓からの眺めが良さそうなレストラン、もう一つは焼肉だった。海野は、ボウリングを終えてリサと焼肉を食べに行きたいと思った。リサは海野の提案を何時ものように快く聞き入れてくれた。

29　焼肉レストランと思い出

海野はリサを誘ってフリーペーパーで見つけた焼肉レストランに向かった。歩くのには少し遠かったが、リサは海野のウォーキングに何時も付き合ってくれる。海野は歩きながら、この週も頻回にトイレに行くおばあちゃんと一緒にトイレに何度も行ったこと、別のおばあちゃんがトイレで立っていられなくなって慌てたこと、入浴の手伝いをしていて海野よりも経験は長いが若い職員に怒鳴られたことなどをリサに話した。リサは「ふ〜ん、そうなんだ」という感じでうなずきながら海野の話を聞いていた。海野が怒鳴られたという話には、顔をしかめて「ひどい人がいるのね」と言って海野に同情してくれた。

交差点の角にある焼肉レストランは「炭火焼肉」と書かれた看板が明るく照らし出されていた。海野とリサが入り口の自動ドアを入ると「いらっしゃいませ」という元気な声が店の奥から響いて、店員が出てきて2人を出迎えた。海野が2人だと店員にVサインで答えると、店員はしばらく椅子に座って待つように言い残して、店の奥へと消えていった。

リサは「なかなか良いお店ね」と言って落ち着いた雰囲気の焼肉レストランをほめてい

た。海野とリサが椅子に座って案内を待っていると、カップルや家族連れが数組帰って行った。ボウリングをしていたので、海野とリサにとっては少し遅い夕食となった。メニューを持った店員が店の奥から出てきて海野とリサを個室に仕切られた4人がけのテーブル席に案内してくれた。座敷席もあるということだったが、2人はテーブル席で良いことを店員に伝えた。店は夕食の時間を少し過ぎていたが、空いているわけではないようだった。それでも個室に仕切られた店内は静かな雰囲気でカップルや家族連れには良さそうだった。

席に着くと、店員から本日のおすすめというメニューを渡され、注文はテーブルの端末からするように説明を受けた。海野とリサはドリンクメニューを広げて眺めた。海野は中ジョッキの生ビール、リサは生グレープフルーツサワーを端末で選び注文した。海野の焼肉のメニューはだいたい決まっていた。タン塩、ロース、カルビの三つが基本だった。海野は、リサが他の肉が食べたいと言えば、それを一緒に食べたが、リサは別の肉が食べたいと言うことはほとんどなかった。リサは、海野が焼肉を食べた後にご飯ものを注文することを知っていた。そんなにたくさんは食べられないのだろう。

レモン汁でさっぱりとした歯応えのある牛タンを食べ、柔らかいロースと肉と脂のうまみと香りを楽しめるカルビへと食べ進んだ。焼肉を食べ終わる頃に、海野はビールの中ジョッキを空けて、リサと同じ生グレープフルーツサワーを注文した。自分で絞ったグレープフルーツを入れて飲むサワーが美味しそうだった。

海野は、勤めている衣料品店の店長代理になるかもしれないというリサに、自分で店を開いてみる気はないのかたずねてみた。リサは、そんな気持ちはないようだった。リサの話では、商品企画から、製造、流通、宣伝、店頭販売、在庫管理など、一連のシステムが出来上がっていて、個人の商店で太刀打ちできるようなものでは決してないようだった。リサは、大きな組織の中で自分の居場所や役割を見つけ出すことに働き甲斐を感じているようだった。海野は個人店でいかに大きな組織に対抗するかを考えることが生きがいのようになっていたが、その日はリサへの反論を控えることにした。

海野は、アメリカに留学している時、寮の近くにフードトラックが止まっていて、お昼や夕食はよく中華かコリアンのフードトラックで弁当を買って食べていた。海野は、中華の野菜炒め、コリアンのビビンバが特に好きだった。愛嬌があって人の好さそうな中国人の男性の店主、母親代わりのような包容力のある韓国人の女性の店主のキャラクターにも魅かれて、海野は毎日のようにフードトラックに足を運んでいた。

海野は、この日、留学時代を懐かしんで焼肉を食べた後、久しぶりにビビンバを注文した。海野はクッパやキムチチゲなども好きだったが、ビビンバは毎日食べても飽きなかった。この日、海野は、フリーペーパーに付いていた2000円割引のチケットを持っていたので、少し気前良く石焼きの器に入ったビビンバにした。野菜とひき肉の上に載る半熟卵が絶妙で食欲をそそった。リサは、海野も好きなクッパを注文した。海野は、そんなには食べられないと言うリサのクッパをお椀に取り分けてもらい、味見をした。さっぱりとしたクッパのスープも美味かった。

海野とリサが、夕食を終えて焼肉レストランを出た時、街はまだ活気に満ちていた。夜風は秋の深まりを感じさせたが、「夜はまだこれから」という刺激的な空気がただよっていた。

30　新たなライバル

月曜日の朝の仕事も何時ものように朝礼で始まり、午前と午後の入浴介助の間に昼食の介助と休憩がはさまっていた。この週の新たな出来事と言えば、海野と同じ部署に新しい職員が入ったことだった。大沢恵という女性の職員で、高校を卒業したばかりという印象だった。スーツよりもセーラー服の方が似合いそうな女の子だった。海野も入社から1週間がやっと過ぎたばかりで、新入社員の大沢はとても身近な存在に感じた。大沢は海野と同じ部署で同じ介護の仕事をするため、その日の入浴介助でも海野と大沢は一緒だった。大沢は指導職員に付いて入浴介助の仕事を見学していた。

利用者の昼食の介助が終わった後、海野と大沢は一緒にお昼休みに入った。海野はコンビニ弁当を食べながら、大沢に話しかけてみた。大沢は、海野と同じ町に住んでいるようだった。大沢は、海野が受けている介護の基礎研修を修了して正社員として会社に採用されたということだった。大沢は海野よりも若いが、介護の分野では海野よりも少し先行しているようだった。海野の頭には、先週怒鳴られた海野をまるで敵のような目で見る羽山雄一の顔が思い浮かんだ。それでも、海野は自分の妹よりも年下だと分かるあどけなさの残る大沢が海野のライバルになるなどということは考えたくなかった。

実際、海野と大沢が個人的な話をしたのは、その日が最初で最後だった。大沢は、海野が大沢と同じ正社員ではなく、短期契約の社員であることを他の社員から聞いたのか、海野との会話で海野を見下したのか分からなかったが、翌日以降、ほとんど海野と口をきくことはなかった。挨拶さえしなかった。海野は、少なくとも1週間は職場の仕事を長く経験していたため、大沢を気づかって、何か分からないことや困ったことがあれば助けてあげようという思いから、大沢の方を見ていると、大沢は海野の視線に気づいて、露骨に「イーッ」というしかめっ面をして見せることがあった。

確かに、海野も要領を得ないところがあった。利用者の介助は、決まった事をマニュアルに沿って行うというよりも、その利用者ごとに、その時々の利用者の気分や状態に合わせて、対応していくものであろう。海野は、そんな直観的で臨機応変の対応ができるだけの経験がなく、仕事にも慣れていなかった。まじめな性格も手伝って、できるだけ利用者の個人ファイルに書かれている介護方法に従って支援しなければならないという思いが強かった。

1週間もすると大沢も職場に慣れ、指導職員の指示に従って、ある程度独立して仕事をするようになった。海野の方が、それでも1週間は先行していたはずだが、大沢は、持ち前の性格と要領の良さと言うか、ある種のいい加減さがあって、海野よりもテキパキと仕事をこなすようになっていった。

海野は、入浴介助の仕事では、2週間経っても3週間経っても機械浴をする利用者の体を洗い、機械を操作して入浴させる仕事をさせてもらえなかった。一方で、大沢は、2週間もすると機械浴の利用者の体を洗ったり機械を操作して利用者の体を浴槽に沈めて入浴させる仕事をするようになっていた。

海野は、この差を介護の基礎研修を終えているか、終えていないかの差ではないかと考えていた。しかし、海野が仕事を始めて1カ月ほど経ってから入社してきた介護の基礎研修さえ受けていない職員が機械浴を担当するようになると、何か違うようだと思うようになった。実際、海野は介護の基礎研修を終えても機械浴を担当することはなかった。海野が任されたのは機械浴の利用者の衣服の脱着の介助だけだった。

大沢は特別扱いだったのかもしれない。通常は、入社当初は有期契約の社員として働き始めることが多いようだった。それは、休憩時間の他の職員との会話の中で海野が知ったことだった。海野が正社員ではないから機械浴を任されないということでもないようだった。

機械浴にも色々な形態があるだろう。**海野が目の当たりにしている、ほとんど体を動かすことができず、ボードに横たわったまま体を洗ってもらい、機械の浴槽に体を沈めてもらって入浴する利用者の生活、入浴の意思すら確認できないような利用者の入浴、そういう利用者の意思や感情を想像した時に、海野にはどうしても受け入れ難いものがあった。**

そんな海野の思いが、海野を機械浴の仕事から遠ざけているのではないかと考えることがある。

介護人材を育成するために、公的な補助を受けて成り立っているであろう海野の雇用契約は、機械浴の仕事を含まないことになっているのではないかと海野は疑ってもみた。

31　試行錯誤

突然現れた海野のライバルである大沢を加えて職場の緊張感は高まった。海野にはそう感じられた。海野は特に意識していなかったが、大沢には「海野に負けたくない」という意識があるようだった。海野は、そんな大沢とのギクシャクした関係を解きほぐそうとして、利用者の歯みがきの際の入れ歯の取り扱いなどの介助方法を大沢にたずねてみたりしたが、むしろ逆効果だった。無視されることが多かった。「そんな事も知らないの！」「また？」と無言で軽蔑されているようにも感じられた。しかし、海野の質問の大半は、大沢も知らない事であり、わからない事を色々聞くので、返事に困っていたのかもしれない。

3週目を迎えた海野の介護現場での仕事にはいくつかの変化があった。海野は、少しだけ、余裕を持って、利用者と話ができるようになった。それは、話ができるというよりも海野に話しかけてくれる利用者の話を少しだけ余裕を持って聞くことができるようになったということだった。オムツ交換の際や、ナースコールが鳴って利用者の居室を訪れた際に、利用者は色々な話を海野にしてくれる。同じ利用者は、同じ話をすることが多かったが、それでも海野が話しかける前に、利用者の方で海野に話をしてくれた。海野はそのような利用者対応について的確な言葉を覚えた。

「傾聴する」

職員が利用者に指示をしたり、意見を述べたり、利用者の疑問や不安に対して何かを答える以前に利用者の話を聞くことが求められているようだった。傾聴するというのは、職員の姿勢としても、職員の行動を説明するのにも便利な言葉だった。

海野は、午後のオムツ交換と夕食の間のレクリエーションの運営担当も任された。レクリエーションは、オムツ交換に時間がかかったり、職員の人手が足りずに行われないことも多かったが、海野は、レクリエーションを何度か見学して利用者との関係づくりについて学んでいた。レクリエーションは、職員と利用者の対話であり、軽く体を動かすこと、記憶力や判断力を活用して脳を働かせること、競争的な要素を取り入れてグループで競い成功を皆で喜ぶこと、歌を歌うなど楽しい時間を皆で共有することなどが大切ではないかと海野は考えていた。そして、実際に自分がレクリエーションの運営担当を任された時には、これまで見学して体験してきたことを忠実に再現しながら、海野なりに少しだけ変化を加えてみようと意識して取り組んだ。

海野は、木村や他の職員のレクリエーションの運営を見学して体験した手足の運動、首や肩を回す体操、利用者とのジャンケン遊び、利用者に海野の出すジャンケンに勝つジャンケンを考えて後から出してもらう遊び、その逆に負けてもらうジャンケン遊びなどを行った。そして、時間があれば「ふるさと」の歌を皆で歌った。海野は、できれば、季節に合った歌を利用者の見やすい大きな文字で書いた歌詞カードを配って歌いたいと思うが、当日、急に指名されるレクリエーション担当の仕事で、しかもとても限られた時間内で歌詞カードまで用意するのは難しそうだった。他の職員に聞くと、歌詞カードは色々あるようだったが、積極的に活用してレクリエーションを充実させようという意識はあまりないようで残念だった。職員は、その場その場で発生するトイレ介助やナースコール対応などの業務に追われていた。

海野は、また新たなヒヤリ・ハット報告書を書いた。オムツ交換の際には、利用者がベッドから転落しないようにベッドサイドに差し込んで設置されているベッド柵を取り外してオムツ交換をすることになっていた。海野は取り外したベッド柵を取り付け直さずに、別の利用者のオムツ交換に移ってしまうことがあった。多くは、自分で気づいて、ベッド柵を戻していたが、居室ごとのオムツ交換を終えて、別の居室に移ってしまって、ベッド柵をしていないベッドを他の職員に見つけられた時には言い逃れができなかった。

海野の頭の中には「ナースコールが鳴ったので、すぐに戻るつもりだった」とか「台車にパッドを取りに行っていた」などの言い訳が色々と思い浮かんだ。それでも、利用者の寝ているベッドを少しでも離れる時はベッド柵を正しい位置に設置することが基本だった。利用者によってベッド柵をどの位置に取り付けるか微妙に違っていて、海野には理解し難いところがあったが、それは別の問題だった。オムツ交換時の対応としては、元々、ベッド柵が設置されていた位置にベッド柵を戻せば良いだけのことであった。

32　介護のニーズ

海野は、海野なりに一生懸命に介護の仕事に取り組んだ。それは、利用者の笑顔が見たいから、「ありがとう」の言葉が聞きたいからという理由ではなかった。それらは確かに海野の仕事の結果として得られる褒美のようではあった。海野には「必要とされていることを満たしたい」という思いがあった。利用者がトイレに行きたいけれども一人では行けない。ベッドに寝ている利用者がテレビのリモコンを床に落としてしまって自分では拾えないので拾って欲しい。食事にしても、入浴にしても、ほとんど自分でできるけれど、少しだけ手伝って欲しい。海野は、利用者のそんな小さなニーズに応えたいと思っている。

海野が苦手なのは、利用者の「寂しさ」や「孤独感」への対応だった。何度も何度も同じ事を言う利用者には、利用者の話を傾聴して利用者の不安や心配事をできるだけ受け止める必要はあるだろう。しかし、利用者の不安や心配事が完全になくなることはないだろう。利用者に安心や安らぎを与えることは海野の仕事であった。海野が対応に困るのは、特に用事がないのに何度も何度もナースコールを押して職員を呼ぶような利用者に対する対応だった。海野は必要なことは、手足が不自由な高齢な利用者の手足の代わりになって手伝いたいと思うが、利用者が自分でできるのに、寂しくて、または甘えなどから、助けを求めることに対応するのは辛かった。そんな時は、利用者が笑顔で「ありがとう」と言ってくれても、海野には満たされない感覚が残った。海野には、決して満たされない利用者の願いに対応したように感じられた。それを、海野は、利用者の寂しさや孤独感への対応だと考えている。もちろん、利用者の寂しさや孤独感への対応は、サービスとしては必要である。しかし、そのような対応は、利用者の側の依存心を高めてしまうこともあり、職員のサービスが、利用者の自立を損ねたり、結果的に利用者の身体の自由を奪うことにもつながることに注意しなければならないだろう。

海野は、**自分がいなくても良いサービス**が理想的なサービスだと思っている。

海野が接する利用者のニーズへの対応に限らず、高齢者施設や介護業界の問題もある。人手不足だと言われているが、海野があえて介護業界の人手不足を一人分埋めなくても良いのであれば、それは、それで構わない。海野には、職場や業界における必要性、適性や適合性を見極めようとする意識があった。介護に対する情熱というよりは、少し醒めた感覚があった。

社会における介護のニーズの問題もある。医療技術や機械・科学の進歩によって介護が必要なくなるのであれば、それは、それで社会の発展、人類の進歩として歓迎すべきことだろう。海野は、そんな大きな視野で見て発展や進歩が望めるのであれば、それらを妨げたり、邪魔をしたくなかった。

その週も、海野は疲れ果てて家に帰った。夕食を済ませ、リサと電話で話したりメッセージのやり取りをするのが楽しみだった。週末に研修を受けている海野と、海野の研修に合わせて日曜日の午後を休みにしているリサが会うのは日曜日の海野の研修の後だった。海野の研修では、高杉による講義中心の研修から、介護技術を実際に体験する演習が始まり、演習の割合が増えていった。

海野は、研修の後でもリサが観たいという映画が観られる映画館を見つけて、リサと映画を見に行った。ハリウッドのアクション映画が好きな海野にとっては、リサの観たいというアニメ映画は、一人では観ないだろう映画だった。それでも日常生活で麻痺している自分の中にある自然な感覚に訴えるものがあった。気持ちが安らぎ、心が温まった。それは、特殊な能力を持つ父親の血を受け継いだ子ども達を母親が育て、子ども達が日常生活の中で葛藤しながら、それぞれの人生を見出していく物語だった。

海野は、ショッピングセンターのゲームコーナーで、エアホッケーを見つけてリサと対戦したがった。もっとも海野がリサに負けてばかりであれば、２人の対戦は成り立たないだろう。海野とリサの関係は適度に保たれていた。

33　2階の利用者

海野は業務で区切られた介護の仕事に追われていた。それでも午前と午後の入浴介助を終えると、少しだけ利用者とのコミュニケーションを取る余裕が持てた。入浴介助中は、利用者の車椅子を押している間、服を脱着している間、体を洗っている間は、利用者と話をすることができた。それ以外に時間を割けば、ただでさえ不慣れな海野の仕事は大きく遅れてしまう。トイレ介助にしても、ナースコール対応にしても、一言だけ、あるいは、一点だけ何時もと違った話題に触れるように努めたが、それほど深く利用者と関わることはなかった。

利用者の簡単な生活歴、家族関係や病歴などは、各利用者のファイルに書かれていた。しかし、情報は必ずしも統一されてはいなかった。特に利用者の生活歴や嗜好などについては詳しく書かれている利用者もいれば、ほとんど書かれていない利用者もいた。それぞれ事情があるのだろう。

海野は、介護の仕事を通して、利用者を幸せにしようとか、心身ともに健康になって欲しいなどの願望を持たなかった。海野にできるのは、決められた仕事のスケジュールに従って必要な利用者対応をすることだった。介護の仕事を始めたばかりで、仕事にも職場にも不慣れな海野にできるのは、最低限の仕事をこなす中で、利用者に少しでも不快感やストレスなく生活してもらうことだった。

海野が利用者に対して行う仕事、提供するサービスは、決して難しい仕事、高度な技能を必要とする特殊なサービスではなかった。それは、日常生活を送る誰もが本来できる仕事であった。しかし、それらを限りなく効率的に行い、できるだけ多くの利用者に対応すること、または、一人の利用者に接する十分な時間を確保するためには、仕事の習熟や職場への慣れが不可欠だった。海野は、目の前の仕事をこなすことが精一杯で、それ以上の利用者に対するサービスについては、ほとんど考えられなかった。

海野が介護の仕事を始めて1カ月が過ぎた頃、人手不足からか、それまで海野が担当していた1階の利用者対応だけではなく、2階の利用者の入浴や昼食の介助に入ることがあった。それまで、海野は2階の利用者とは1階で行われている機械浴でしか接したことがなかった。右手だけを激しく動かして抵抗する高橋恵悟さんなど、体をほとんど動かすことができず、車椅子に座っていることができないような2階の利用者が、1階で行われる機械浴を利用していた。

2階は、1階よりも少し明るく感じられた。1階よりも高く日当たりが少し良いのだろう。窓の外を眺めれば、1階よりも遠くまで見えて景色が良かった。2階には、ベッドに寝たきりで過ごしている利用者が多かった。食事の時も食堂に出てこない利用者がいた。海野は、食堂に出てくる利用者の昼食の見守りや、ご飯とおかずを交互にスプーンで取り分けて利用者の口元に運ぶなどの食事介助を行った。しかし、食堂に出てこない利用者がどのように食事をしているのかは知らなかった。

2階には、認知症の重い利用者が集められているのだろうと海野は感じた。1階の利用者は体が不自由でありながらも自らの意思で、職員の手を借りながら規則的で自立した生活を送っていた。1階の利用者は、言葉が上手く話せなかったり、ほとんど言葉を発しない利用者もいたが、食事を食べたい、食べたくないなど意思が分かる利用者だった。それに対して、2階の利用者は、認知症を患っていて、自らの意思で行動しているというよりは、同じ言動を繰り返したりして、「習慣化した行動を繰り返している」という印象が強かった。体は生きているし、生きようとしているが、利用者の意思が、利用者の行動をコントロールしているという感じではなかった。これまで、繰り返してきた生活習慣を変えることなく繰り返すことが精一杯になっているように海野には思えた。

海野は、そんな2階の認知症の利用者への対応に戸惑った。それでも、とにかく利用者

が必要とするサービスを提供すること、**利用者の安全に配慮しながら、利用者の行動をできるだけ妨げない**ような対応を心掛けた。

海野の仕事は、車椅子に座っている利用者が立ち上がって一人で歩いて行かないように見守ることでもあった。利用者が歩きたいのだから歩かせてあげたいという気持ちは海野の心の中にあった。しかし、そういう利用者は、どこかで確実に転ぶことになるだろう。どこかで転ぶことが分かっていて、自由に一人で歩いてもらうわけにはいかなかった。

認知症によって自分の意思で行動を律することができなくなっている利用者に対して歩行訓練などのリハビリテーションは難しいだろう。中途半端に歩けるようになって転倒してしまうよりは、歩けないままの方が良いのではないかというようにも思える。高齢な利用者が転倒すれば、骨の弱くなっている利用者は骨折してしまうだろう。また、頭を打ったりして命に関わることも少なくないだろう。

34　認知症対応

海野は、介護の基礎研修で学んだ認知症の知識、日々人に接する時の感覚、そして、これまでの経験をできるだけ活用して認知症の利用者に接した。最初は戸惑ったが、慣れてくると楽しかった。それは、他の職員には、ふざけているように見えるかもしれない。認知症の利用者に対する海野の対応はだいたい、こんな感じだった。

1　利用者が、健常者の感覚で、明らかにおかしいことをしても決して頭ごなしに否定しない。

2　利用者の話、その文脈に沿って、できるだけ現実的な話に近づけるように、相づちを打ったりして発語を促し、関連性の高い言葉を加えたりして利用者の価値観や利用者が前提としている時代、年齢、地域、関係性などを尊重して利用者が頭の中で住んでいる世界を一緒に描き出す。

3　利用者の行動が、明らかに危険であったり、ケガや病気につながるようなものでない限り、利用者の行動を妨げない。

4　利用者の感情や理性に逆らわないように対応する自らの感覚、感性に細心の注意を払う。

5　利用者の言葉にならない言葉には、その言葉を推測して再現して利用者の感覚、感性に合うものを探す。

6　利用者が同じ話や同じ行動を何度も何度も繰り返しても、全て初めて聞いた話、初めて見た行動として対処する。

7　利用者が繰り返す同じ話や同じ行動に対して、時には、個々に別の対応をしてみる。

8　利用者の言動に対して、利用者が気付かなかったり、理解できなかったとしても、気付き、理解されるように最大限の配慮をした上で、時には、あるべき姿を提示してみる。

9　利用者の隠れたニーズを引き出すような、包容力、寛容さを提供する。

10　利用者とできるだけ楽しい時間を過ごす。

海野は、認知症の利用者に限らず、膝を折るなどして、利用者よりも低い目線で話す文字通り「腰の低い対応」が、好きではなかった。海野に言わせれば、それこそ「利用者のためにわざわざ腰を低くして、利用者に対して上から目線にならないようにしている」という態度が、わざとらしく、不自然に感じられた。幸いにも、海野の職場では、それが必ずしも求められていなかった。もちろん、そんな利用者思いの対応が、意識することなく、自然にできるようであれば、素晴らしいのかもしれない。少なくとも、海野はそこまでの境地には達していない。

それでも、利用者対応の基本として、相手に自分が話しかけていることが分かるように、利用者の前で、正しく利用者に話しかけるなどの応対が必要だろう。利用者の十分な注意を引けていない場合は、利用者の肩や手などに触れて、利用者の注意を引き、利用者の関心をこちらに向ける必要があるだろう。

利用者の十分な注意を引くことは、認知症に限らず、加齢で注意が衰えている高齢者への対応として不可欠だろう。利用者の注意がこちらに向いていない上に、利用者の耳が悪いなどして、こちらが利用者に話しかけていることが分からないようでは、日常的なコミュニケーションはもちろん、利用者との最低限の信頼を築き、適切な関係を保つことができない。利用者にこちらの言葉が聞こえているかの確認も必要である。高齢者にこちらの声が聞こえていない時に、また、こちらの言葉が正しく理解されていない時に、高齢者がそれぞれ思い思いのことを言い、行動したとしても仕方ないだろう。それらは、認知症の症状とはいえない。

難しい言葉や複雑な表現も避けるべきである。敬語も時に分かり難く不適切な場合があるだろう。

35　昼休みの話題

海野の昼休みは、予定では1時から2時までの1時間だった。それでも、午前中の入浴介助を終えて、ほとんど休憩なしで昼食の配膳と食事の介助を行い、利用者の歯磨きなどの口腔ケアを手伝うと休憩に入れるのは1時30分を過ぎることが多かった。昼休みが1時間あれば、近所のコンビニに買い物に行けるかもしれない。それでも、出勤前に必要な買い物を済ませておけば、それほど、不自由することはなかった。海野は、仕事を始めて3週間くらいすると会社が取っている弁当を取って食べるようになった。利用者の昼食介助の後、食べ残しや食べこぼしを処理した直後は海野の食欲も抑えられたが、少しずつ慣れてきた。多少会社から補助が付くのだろう、一食２５０円の弁当は、明らかにお得だった。2週間ほどの観察期間を経て注文してみると、海野の求める基準を満たしていた。

お昼の弁当を食べるのに10分。その後、一息つくのに10分。海野には昼休みは20分あれば足りた。昼休みをジャージ姿で近所の喫茶店で過ごすわけにもいかず、それ以上の休憩時間を海野は持て余してしまうだろう。それよりは、休み時間の分も利用者と関わっていた方が、海野にとっては有意義だった。

海野は、弁当を食べながら、職場の職員の話を聞いていることが多かった。海野は他の職員をあまり知らないこともあり、海野から他の職員に話しかけることは、それほど多くなかった。あまり個人的な話には立ち入れないという雰囲気もあった。畳が敷かれた休憩室にいると何時も5、6人の職員が弁当を食べに来ていた。勤務によって、お昼を食べてから出社する職員や海野達の前の時間帯にお昼休憩を取る職員もいたので、休憩室は、それほど混雑することはなかった。

海野は、休憩室の昼休みの会話で、何時も海野の現場の仕事を見てくれている田丸に結婚を意識して付き合っているボーイフレンドがいることや、実際に仕事を一緒にして時々助言をしてくれる佐々木が独身でガールフレンドを募集中であることなどを知った。海野は職場には、独身の職員とバツイチの職員が多いという印象を持っていた。課長の下村や部長の神田や田所など管理職の上司は、結婚して家庭を持っていることが多いようだった。下村は、奥さんの実家が海野の家の近くにあることを話してくれたことがあった。

職員の多くは独身で、中には、子どもを一人で育てているシングルマザーもいるようだったが、その辺の家庭の事情について踏み込んで聞けるほど、海野は他の職員と親しくなってはいなかった。バツイチの男の社員には、どことなく哀愁が漂っているようだった。

ある日、海野が休憩室でお昼を食べている時、海野と同じ時期に入社した海野より年上の宮田さと子とさらに少し年上の橘謙真も一緒にいて話をしていた。宮田は、自分で弁当を作って持ってきていた。詳しくは聞いたことがなかったが、結婚していて子どももいるのだろうと海野は思っていた。橘は40代前半くらいで、若さを残しながらも落ち着きがあった。真面目そうな橘は、丁寧に仕事をしていたが、ミスをすることもあり、時々他の職員に注意されていた。橘のミスは、海野のミスとも重なって海野は橘に同情することが多かった。宮田も橘も、介護経験はそれほど長くはないようだった。宮田は以前スーパーでレジを打っていたと話していた。橘は、昔、製造業に勤めていて転職をしたということだった。

橘は、比較的最近、結婚したということで少し前まで愛妻弁当を持ってきていた。しかし、奥さんが出産のために実家に帰ったということで、橘も海野と同じように会社で取っている弁当を食べるようになっていた。

出産に立ち会うためには仕事を休まなければいけないという話をする橘に対して、宮田の意見は、海野にとってショッキングだった。

「えーっ、出産に立ち会うんですか？　そんなことするんですね！　私には考えられないけど……」

そんな宮田の言葉に対して、海野は、宮田の旦那さんは仕事が忙しくて宮田の出産に立ち会わず、宮田もそれを求めなかったのだろうと想像した。あるいは、宮田には子どもがいないのかもしれない。そうは言っても、海野は、『父母が、共同で子育てをしましょう』『男性も育児休暇を取りましょう』というのが最近の世間の風潮だと思っていたので、宮田の意見がとても意外に感じられた。詳しくは分からなかったが、恐らく、出産経験者で、母親である宮田にそう言われて、橘も困ったような顔をしていた。

それは、宮田の個人的な意見であると共に、職場の雰囲気や地域性なども反映した言葉だったのではないかと海野は思った。

実際、橘は、奥さんの出産日に会社を休まずに出社して、早退することもなく仕事をしていた。海野は、「女の子が生まれて、母子共に健康」だと後で橘から教えてもらった。会社からは出産祝いが出たということだった。

36　ベッドメイキングと農家レストラン

海野は、職場の高齢者施設で働きながら週末に開かれる介護の基礎研修に通った。働き始めてから2カ月が過ぎる頃には研修の修了が見通せるようになってきた。海野は、職場の介護現場での仕事を小さなミスはあったが、利用者の笑顔と職場の同僚の配慮にも支えられて何とかこなしていた。研修では、介護技術を習得するための演習が中心になり、海野が日頃対応しているオムツ交換やそれに伴う利用者のベッド上の動き、利用者の車椅子やベッドあるいはトイレの便座への移乗方法などを受講生同士で利用者役を演じるなどして練習した。

海野は、利用者のベッドメイキングの方法についても学んだ。ベッドにかけたシーツの四隅を三角形にたたむ方法が奇麗にできるように何度も練習した。シーツをマットレスの下に入れるのは「平手」「平手」と言いながら手のひらを下にしてシーツを押し入れる高杉の解説が夢に出てきそうなほど印象的だった。他にも、シーツの四隅を四角形に折りたたむ方法があるとテキストには書かれていた。海野は、ベッドの四隅を三角形にして奇麗にたたむ方法を勤務している高齢者施設でも実践した。他の職員も同じようにベッドメイキングをしていたようなので、気付かなかったが、海野は別の実用的なシーツの張り方があることを後になって学ぶことになった。

リサとは平日の休みを合わせてリサが行ってみたがっていた農家レストランにランチを食べに行った。藁ぶき屋根の民家を移築してつくられた農家レストランは、外見から海野とリサの目を楽しませてくれた。藁ぶきの軒先には旗が立てかけられていて、入り口の戸の両脇には大きな提灯が掲げられていた。入り口の戸を引き開けて中に入ると目の前には大きな囲炉裏を囲んだ座席があった。その周りにも木の切り株で作られた椅子と木のテーブルが並んでいた。壁の太くて黒い柱が長年かけて炭火の煙で色付いた歴史を感じさせた。そこに障子戸越しのやわらかい光が注いでいた。

食事は、バイキング形式で、サラダ用の生野菜をはじめ、肉じゃがなどの煮物、とりの唐揚げ、焼き魚などが並んでいた。単品で、鮎、山女魚（ヤマメ）、岩魚（イワナ）などの囲炉裏で串焼きにした川魚を味わうことができた。海野は、鮎は何度か食べたことがあったので、山女魚と岩魚を一匹ずつ注文して、リサと分けて食べた。どちらもサッパリとした白身の魚だった。岩魚の方が自然の香りを含んでいるように感じた。どちらの川魚も美味しかった。囲炉裏を囲んだ、その場の雰囲気も味の一部になっていた。

海野とリサは、車を借りて日帰りの温泉旅行にも出かけた。車で1時間くらい走ると温泉街があらわれた。海野は高校を卒業した後、日本で運転免許を取ってから渡米した。アメリカでも何度か車を借りて、気の合う仲間と旅をしたことがあった。海野にとっては久しぶりの運転だった。それでも海野は運転が嫌いではなかった。温泉街では、石段を上り、神社にお参りした。硫黄の臭いの立ち込める源泉を眺めて、土産屋をのぞいた。リサと射的で遊んで、海野はライオンの縫いぐるみを倒してリサにプレゼントした。そして、青く透明な温泉に入って日頃の疲れを癒やした。

37　介護職員としての道

朝晩の冷え込みが厳しくなってきた頃、海野は数週間で介護の基礎研修を終えることになっていた。研修の最後には試験があったが、各回の研修の後のテストと同様に、研修に参加して、最低限内容を理解していれば不合格になることはない試験だった。海野は、週末の研修範囲のテキストにできるだけ事前に目を通し、研修の後でも次の研修日の朝までに提出することになっていたレポートを書いた。海野の意見をレポートにまとめて提出するというよりは、海野が大切だと思った研修の内容をテキストから抜き出して、復習を兼ねてまとめることにしていた。

ある日、海野は介護部長の神田に呼ばれた。昼休みの後、入浴介助のためのTシャツ、短パンに着替えることなく、普段のジャージ姿で神田の席の近くの面談室で神田を待った。神田が、面談室に入って来ると、海野は席を立って、神田を迎えた。そして神田が席に座るように促すと一礼をして席に座った。神田は午後も来客対応が忙しいという前置きの後、「海野君、それで、どうかな?」と言って介護現場の仕事について聞いた。海野は、何かを隠すこともなく、正直な考えや感想を話そうと思って、適切な言葉を探した。海野は、仕事のことや今後の希望などについて聞かれるだろうと考えていたが、話す内容を準備していたわけではなかった。

神田は、海野の研修の講師としても登場していた。副所長の高杉の他にも神田などグループ施設の職員も講師を務めていた。高杉の都合が悪かったと言うよりも、先輩職員の紹介と講師を務める職員の研修を兼ねていたのだろう。海野は、面談の中で神田が講師を務めた研修の事を話題にしようと思ったが、そんな余裕はなかった。

「そうですね。最初は初めてのことばかりで、戸惑いましたが、田丸さんや佐々木さんにも良くしていただいて、最近は大分仕事に慣れました」

海野の口をついて出てきた言葉だった。神田も他の職員から海野の仕事の様子について報告を受けているのだろう。他の職員と比べて、どうかということが、海野には少し気になったが、それを知ったからと言って、海野の仕事が大きく変わるようなことはないだろう。海野よりも少し年下の大沢には、すっかりリードを許してしまい、追いつけそうな感じではなかったが、海野は特に気にしないことにしていた。海野は、相変わらず、午前中と午後の入浴介助が日課になっていた。大沢は午後になるとホールの見守りの仕事をすることもあった。海野は、大沢との対応の違いについて神田に聞くつもりはなかった。海野が機械浴の担当にならないことも聞こうと思えば聞けたが、海野は聞かなかった。どうしても機械浴の入浴介助がしたいというわけではなかった。しなくても良いのであれば、したいとは思わなかった。

　神田が、「何か困った事とかはあるかな？」と聞くので、海野は、差し当たって不満に思っていたオムツ交換時のナースコール対応について話した。午後の入浴介助の後、オムツ交換のために居室を回っていると、ナースコールが引っ切り無しに鳴った。真面目で責任感の強い海野としては、ナースコールが鳴れば、全て対応しなければならないと思ってしまう。しかし、そういう時に限って利用者が尿失禁や便失禁をしていて更衣が必要になるなど、すぐに手が離せないような状態であることが多かった。尿や便で汚れたオムツや衣類の処理中に手袋を外して、ナースコール対応をして、また新しい手袋をはめて残りの対応をすることは、とても非効率で無駄が多いように思えた。外していたベッド柵をベッドに設置し直して、ナースコール対応後にまたベッド柵を外して対応しなければならないのも手間になった。

　オムツ交換中のナースコール対応は、通常、オムツ交換に回っている2人の職員のうちのどちらかが対応することになっていた。オムツ交換をする2人の職員が、それぞれPHSを持ち歩いていて、電話を受けるようにナースコールにも対応することができた。海野は、神田に「ナースコール対応の担当者を決めて、その人が優先的に対応した方が良いのではないかと思います」と言った。神田は、「そうか」と聞いてはくれたが、神田には何か別の考えがあるようだった。

「その辺は、適当に上手くやってくれ。わざわざ、そんな事を俺に指示させるな」

神田は、そんなふうに思っていたのかもしれないと海野は感じた。オムツ交換中は、オムツ交換に回っている2人の職員の他にホールで利用者の見守りをしている職員が、少なくとも1人いた。海野としては、ホールで見守りをしている職員が、あまり忙しそうでもないのにナースコール対応をしないことが、不満でもあった。

その他、海野は、神田から介護の基礎研修が終わった後の希望や数カ月後に雇用契約が満了した後の計画などについても聞かれるのではないかと思っていたが、神田は特に何も言わなかった。実際、海野は、そんな事を聞かれるのでないかと思っていただけで、特に希望も計画も持っていなかった。

38 研修修了と忘年会

街がクリスマスの飾り付けでにぎやかになる頃に、海野は介護の基礎研修を終えた。最終日に、修了認定の試験を受けると、1週間ほどで合格通知と修了証書が送られてきた。修了証書には、カード型の修了証書も付いていた。海野は、「大げさだな」と思ったが、それらの証書は、アメリカの大学を中退している海野が、介護の仕事を続けていくうえで、大学の卒業証書以上の役割を果たすことを、その後、海野は知った。

介護業界では、高校卒業か大学卒業かなどの学歴よりも介護の基礎研修を受けているかいないかの方が、職員の資質や能力を判断する上で重要なようだった。もっとも、大学で介護・福祉を専攻するなど、介護・福祉の分野に太い専用のレールを敷いている人は、優遇されるのかもしれないと海野は思う。それでも、あくまでも学位や学歴ではなく、それらの分野に特化した知識、あるいは、経験や意欲が、結果的に役立ち、また評価されるのだろう。

海野は、研修修了後も午前中と午後の入浴介助の仕事を中心に介護現場で働き続けた。

気温が下がり、空気が乾燥してくると、入浴介助やオムツ交換後の手洗いによって手が乾燥して、乾燥した手がひび割れてしまった。海野は、ハンドクリームを買って仕事の合間に小まめに塗るようにしたが、手洗いも小まめにしていると、手のひび割れは治らず、むしろ悪化していくようだった。ひび割れによる手の痛みが海野の新たな仕事の悩みとなった。

職場の壁には「ワンケア、ワングローブ」と書かれた注意が貼られていた。海野には、父親譲りなのだろうか、少し神経質なところがあった。海野は、できるだけ小まめに手洗いをしていた。そして、利用者の排泄介助では一人ひとり手袋を付け替えて対応した。そうは言っても、他の職員は、必ずしも小まめに手洗いをして、利用者一人ひとりにグローブを付け替えていないように思われた。逆に、文字通り「ワンケア、ワングローブ」を実践して、オムツ交換やトイレ介助では、必ず両手に手袋をはめて、介助後に手袋を外し、余裕があれば手を洗い、また両手に新しい手袋をはめて対応をする海野には、手袋やペーパータオルを無駄にしているのではないかという罪悪感が少なからずあった。

年末になると職場の忘年会が開かれた。職員の中には当日夜勤で忘年会に参加できない者もいたが、日勤しかしていない海野は、忘年会に合わせて、他の職員と一緒に仕事を早く終わらせて忘年会に参加することができた。利用者の夕食は、職員の忘年会のために少し早く配膳された。

海野は、普段はほとんど酒を飲まない。飲むのは、休みの前の夜とリサと週末一緒に夕食を食べる時くらいだった。忘年会は、海野の高校の同級生の兄で、高齢者施設の施設長である広瀬孝雄の挨拶で始まった。海野は施設内で、時々、広瀬を見かけたが、何時も挨拶する程度で、入社面接の後は、ほとんど言葉を交わしていなかった。

神田による乾杯の発声の後、忘年会会場では職員による挨拶回りが始まった。海野は、誰か一人に挨拶するなら、その隣の人も、また、その隣の人にもというように、全員に挨拶しなければ気が済まなくなってしまうタイプだった。それでも、全員に挨拶することはできないので、タイミング良く挨拶できそうな課長の下村や先輩職員の佐々木のコップにビールを注いで挨拶したくらいで、その後は自席に用意されていた刺身や小鉢に入った料理を食べ、まわりの職員と言葉を交わして、会場の畳座敷で繰り広げられる挨拶回りの様子を見守った。挨拶回りの様子を見ていると、職員同士の仲の良さや力関係が、少しだけ透けて見えるようだった。

海野は、店員が火をつけてくれた鍋の中の肉料理が食べごろになるのを待って食べた。店員は次々と料理を運んできた。目の前の食事を大体片付けて、お腹もいっぱいになる頃に、海野は少しだけ挨拶回りをしようと思った。まず、施設長の広瀬に挨拶をしたかったが、広瀬の前には長い列ができていた。とても挨拶できそうになかった。管理職や先輩職員の中でも現場を取り仕切っているような職員が広瀬の前に並んでいて、新入社員の海野の出番は回ってきそうになかった。海野は、挨拶の職員が切れて食事をしていた部長の田所や神田の前に行ってグラスにビールを注ごうとした。田所は日本酒、神田はウーロン茶を飲んでいるというので、それぞれの飲み物をグラスに注いで、挨拶をした。仕事の話はしなかった。神田にも「先日はありがとうございました」と挨拶をしただけで、面談の内容には触れなかった。

海野はビンのビールとグラスを片手に挨拶回りをして、挨拶代わりに持参したグラスでビールを飲んだ。友人との間で、時々行われるジョッキやグラスでの一気飲みをする必要はなかったので、海野の意識と足取りは安定していた。終盤に出されたご飯を食べて、みそ汁をすすって、最後のデザートが出てくる頃に、広瀬の前の挨拶回りの列が短くなったことを見計らって、海野は広瀬の前の列に加わった。司会者が終わりの挨拶の用意を始める頃に、海野は広瀬と話をすることができた。

「おぅ。君か、どうだね。仕事は？」と広瀬は海野に声をかけてくれた。海野は広瀬に酒を勧めようとしたが、広瀬はそれを遮った。広瀬の食事はほとんど手が付けられていないようだった。海野が、仕事に少しずつ慣れてきたことを伝えると、司会者が「宴もたけなわではございますが」というアナウンスを始めた。

広瀬から海野は「**まあ、2年くらい働かないと、介護の仕事は分からないよ。薄っぺらな知識で介護を語っちゃダメだよ**」と注意を受けた。

海野は丁重にお礼を言って、広瀬の前から離れた。広瀬の席を後にする時に、海野は他の職員の視線を感じた。「新人のくせに」、「何の話をしていたんだ？」というような不信感もあったのではないかと海野は感じた。海野は、特に気にはしなかった。

忘年会の後で、海野は少し酔っていたが、駅まで歩いて電車に乗り、家まで帰るのに支障はなかった。夜の街では、新年を迎える準備が進んでいた。

39 卒業

新年を迎えて海野が勤める高齢者施設の入り口に立派な門松が立った。海野は、門松の竹の先が尖っているか、平らかでそれぞれ意味があるという話をどこかで聞いたことがあった。まあ、それはどちらでも良かった。施設に立っている尖っているものの方が海野の目には馴染みがあった。海野にとっては、そんな立派な門松が自分の勤める会社の前に立ったのは初めてだった。街中や外資系企業の入居するビルの1階ホールなどで見かけたくらいだった。海野は、グループ企業の経営状況は良いのだろうと想像した。

介護の基礎研修を終えた海野にとって、新年を迎えても、仕事に対する考えは特に変わらなかった。利用者が高齢でも、認知症であっても、それぞれの尊厳（人権）を大切にして接すること。利用者の残存能力を活かして、利用者ができるだけ自立した生活を送れるように支援すること（過剰な援助はしないこと）。利用者それぞれの個性、意思、事情に配慮して接すること。これらの姿勢が海野の利用者対応の基本となっていた。

新年を迎えて、海野には二つの新しい仕事が加わった。一つ目は、雪が降り積もった時の雪かきだった。海野は、下村の指示に従って、入浴介助の代わりに雪かきの仕事をした。施設の前の通路や駐車場の雪かきをした。2階の広いバルコニーの雪かきもした。雪が積もっていると洗濯物を干せないからだということだった。

もう一つの仕事は、施設の手すりや利用者の居室内の消毒だった。海野の勤める高齢者施設で感染症患者が多く出て、海野は施設内の消毒作業に駆り出された。海野は、出社して朝礼が終わるとすぐに感染者が多発している2階の手すりや居室内の消毒作業に取りかかった。廊下の手すりを消毒液を含ませた清拭タオルでふき、居室内はベッドの天板、フットボード、ベッド柵など利用者が手を触れそうなものをできる限りふいて消毒した。午前中の消毒作業が終わると昼食介助とお昼休憩をはさんで午後の消毒作業が始まった。毎日、海野は午前と午後の2回、認知症患者が多く入居している2階の廊下と居室を回った。

2週間くらいすると海野も体調を崩した。仕事から帰ると海野は体の不調を感じ、早めに休んだ。夜中に熱を測ると39度近かった。翌日と翌々日は、偶然にも休みだった。海野は近所のかかりつけの内科を受診した。日頃の疲れがたまっていて風邪をひいたのだろうという診断だった。施設で流行している感染症だとは診断されなかった。体を温める効果があるという漢方薬が処方された。海野は、体調不良と受診結果を下村に電話で報告した。

下村からは「それくらいの症状であれば、大丈夫でしょう」ということだった。

休日明けには熱が下がっていた海野は、何時も通り出社して、午前と午後の消毒作業に2階の廊下と居室を回った。海野としては、消毒をしているのか、感染症をもらいに行っているか分からないところがあった。それでも、海野の消毒作業は、利用者への注意の喚起と利用者の家族などに対する配慮としては、とても効果があるようだった。しばらくして、感染者の増加は止まり、海野の勤める高齢者施設は平常な状態に戻っていった。

高齢者施設の窓から梅の花が眺められるようになる頃、海野の卒業が決まった。海野は、雇用契約満了の1カ月くらい前には、何か新たな条件が提示されるのではないかと思っていたが、特に新たな条件は提示されなかった。改めて、神田との面談があった。海野は、神田に雇用契約満了後の予定について聞かれた。海野は、予定は特にないと答えた。海野が、神田に雇用契約の継続を依頼すれば、条件はともかく、雇用契約は継続しそうな手応えはあったが、海野は契約の延長をお願いするようなことはしなかった。

海野には、高齢者介護の仕事を希望するのであれば、仕事が見つからないということはないだろうという楽観があった。海野は、よく考えずに、また、よく調べもせずに現在の職場での雇用契約を更新することは賢明な判断ではないと思った。

40　新たなスタートの序奏

勤める高齢者施設からの卒業が確定してからも海野の仕事は特に変わらなかった。午前と午後の入浴介助、昼食介助、オムツ交換、夕食介助、昼と夜の口腔ケアが基本的な業務だった。もっとも、卒業が決まってからは夕食前のレクリエーションの担当を任されることはなかった。もっとも、レクリエーションは相変わらずそれ程頻繁には開催されていなかった。それらの仕事の間に片付け作業や記録業務があった。

海野は、仕事をしながら、その後の進路について考えた。特にやりたいことはなく、やれること、何かやり残しているようなこともなかった。高齢者介護の仕事を続けることが順当なのだろう。

タイミングを見計らっていたかのように海野の雇用契約が切れる直後の週末に海野の通っていたアメリカの大学の同窓会が中国で開催されるという連絡が入った。海野は正確にはその大学を卒業していないが、海野と仲の良かった友人達の取り計らいで、同窓会に呼んでもらっていた。同窓会と言ってもアメリカで開催される同窓会ではなく、アジア地区での同窓会だった。海野は、数年前に韓国で開催された同窓会に参加していた。海野は、その時も金曜日の夜の歓迎ディナーと土曜日の夜の同窓会に参加した。アメリカで行われる同窓会には世界中から同窓生が集まっても、どうしてもアメリカ人が中心となる。一方、アジア地区の同窓会は、地理的に近く、文化的な共通点もあって、海野にとっては親しみやすかった。海野は、台湾で開催された同窓会にも参加したことがあった。

海野は、リサに雇用契約が満了して転職することと、中国で開催されるアジア地区の大学の同窓会に参加しようと思っていることを話した。リサは「良いと思うよ」と言ってくれた。中国での同窓会に出席すると週末にリサと会えなくなるが、リサは気にすることなく海野の背中を押してくれた。リサは海野に飛行機のチケットをプレゼントすると言ってくれたが、海野は自分で手配することにした。

突然決まった2泊3日の中国旅行の計画と並行して、海野の転職先探しも始まった。そして転職先探しは、海野が思っていたよりも簡単に話が進んだ。

新聞の広告には、高齢者施設の求人がいくつか載っていた。海野は、運が良いというか、運命に導かれているのかもしれない。求人欄を見ると、そこに海野が聞いたことのある高齢者施設の求人が出ていた。「ひまわり園」という母体となる幼稚園に併設された高齢者施設だった。「ひまわり幼稚園」の園長の息子は、海野の高校の同級生だった。海野の通った高校は決してエリート教育校ではなかったが、質実剛健で愛と平和を重んじる地域に根付いたリーダーを多く輩出していた。石関正介。石関も海野が勤務している高齢者施設グループの社長の息子の広瀬賢治と同じように海野の隣のクラスだった。正確に言うと石関は、広瀬とは反対側の隣のクラスにいた。サッカー部員で、背が高く、強豪校ではなかったがJリーガーを目指しているようなサッカーに対する情熱が伝わってくる好青年だった。共通の友人もいて海野にとっては親しみやすい存在だった。

海野が高校に通っていた頃、ひまわり幼稚園は、名前の通り幼稚園だけの施設だった。その後、高齢者施設を開設したようだった。最近、海野は、石関の父親が県の副教育長に就任したと人伝に聞いていた。海野は、石関と特に親しかったわけではないが、将来は幼稚園の先生になるのだろうと思っていた。もっとも石関本人は、そう思われることを嫌っていたようだった。

海野は、同級生の石関が、比較的最近開設された高齢者施設にどのように関わっているかは知らなかった。友人との会話の中で、石関が幼稚園の先生になったことを知っていたくらいだった。

海野は、ひまわり園に履歴書を送った。介護の基礎研修の修了書のコピーも同封した。数日後に、ひまわり園から電話がかかってきて、海野の休日に面接を受けることが決まった。海野は履歴書に付けた挨拶文でも、電話での会話でも石関の高校の同級生であることには触れなかった。

面接当日に、海野は、幼稚園児の元気な声がこだまする幼稚園の近くに併設されている高齢者施設を訪問した。海野の最寄り駅から2駅で、駅からひまわり園までは徒歩でもそれ程遠くなかった。海野は、応接室に通された。女性の職員から丁寧に出されたお茶に口を付けて、応接の中を見回した。壁に掛けられた切り立った岩山の写真を眺めていると見覚えのある人物がジャージ姿で現れた。石関だった。

41　懐かしい再会とインタビュー

海野は応接のソファーから長身の石関を見上げた。

「海野さん、久しぶりですね」応接室に入るなり、石関が、海野に声をかけた。

「こんにちは。ご無沙汰しています」海野は、石関が出てくるのであれば、事前に連絡しておいた方が良かったかもしれないと思った。

「もう10年ぶりになりますね」石関が続けた。

その後、海野と石関の間では、海野が高校の頃に所属していたテニス部の同級生のことが話題になった。海野のテニス部の同級生数人と石関は中学校が一緒だった。海野は石関からテニス部の同級生が元気にしていることを知らされた。一人は今でも石関の家の近所に住んでいて、もう一人は学校の先生をしているということだった。

「いやーぁ、海野さん、もったいないですね」石関は、海野に言った。海野は、アメリカの大学を中退して、勤めていた外資系の投資会社を辞め、日系企業で働いた後、転職活動を始めた頃から、よく同じことを言われていた。「もったいない」というのは、海野のキャリアの色々な部分に向けられているようだが、海野のキャリアのどこかの部分を長く続けていた方が良かったのではないかという指摘であった。そうは言われても、海野が選んだキャリアと言うよりは、運命に導かれるようにつながってきたキャリアである。海野としては、特に後悔はしていない。

石関は、大学卒業後に、別の幼稚園に勤め、数年前にひまわり幼稚園に勤めるようになったということだった。石関の大学在学中に高齢者施設が開園して、現在、石関は、ひまわり園の事務全般をみているのだということだった。石関の母親が、幼稚園の園長をしていて、ひまわり園は、園長だった石関の父親に代わって新しい園長が就任しているのだということだった。

海野は、石関に希望を聞かれたので、非常勤の介護の仕事を希望していると答えた。郵送した履歴書にも書いていたが、海野としては、フルタイムの介護職員として一つの会社組織に勤めるつもりはなかった。毎年契約更新が必要でも、特定の会社組織に縛られない自由な時間を持ちたかった。最近は、日本でも「兼業・副業」という言葉を耳にするようになってきたが、会社組織に勤める以上は、副業・兼業が許されないというのが、一般的な日本の文化であろう。フルタイムの職員として働きながら、こっそりと副業・兼業を営むこともできるかもしれないが、高校の同級生である石関に嘘をついてまで、海野はフルタイムの職員として働きたくはなかった。

海野は履歴書に「週3日から4日の勤務を希望」と書いていた。海野は、介護の仕事を始めてから約5カ月間、朝の10時から夜の7時までしか働いたことがなかったが、夜勤も希望することを石関に伝えた。

石関から、午後から出社する遅番の仕事と夜勤を組み合わせた勤務が良いのではないかと言われ、海野は、それで良いと返事をした。

石関に続いて、ひまわり園の園長とのインタビューがあった。石関の父親の代わりに園長に就任したという近藤正樹と名乗る男性は、地域の福祉団体を1年前に定年退職してひまわり園の園長に就任したということだった。近藤は、還暦を迎えているということだが、「初老」くらいが言葉の響きとしては似合いそうだった。

「介護の仕事はキツイし、汚いし、大変ではないですか？」と近藤に聞かれて、海野は「最初は戸惑いましたが、最近は大分慣れました」と答えた。高齢者と接する時にどんな点に気を付けているのかと聞かれたので、海野は、**高齢者の尊厳と自立と個性**を大切にして対応しているというような話をした。金融業界からの介護福祉業界への転職については、むしろ、これまでほとんど関わることがなかった介護福祉業界の仕事の必要性と自分にとっての新しさに心をひかれて転職したことなどを正直に話した。

近藤との面接の後、石関が園内を案内してくれた。応接室を出ると事務所があって、階段で2階に上ると高齢者の居室や食堂があった。3階も高齢者の居室になっていた。2階と3階は、廊下で別の棟へとつながっていた。石関は、建物の中を全体的に案内してくれた。途中で、石関と同じ青いジャージを着た職員やピンク色のジャージを着た女性の職員に会い、海野は軽く会釈をした。青とピンクのジャージがひまわり園の制服になっているようだった。中には、海野が毎日午前と午後の入浴介助の時にそうであるようなTシャツと短パン姿の職員もいた。

海野は、石関にお礼を言ってひまわり園の玄関を出た。事務所の窓越しに近藤が、何人かの職員と話をしているところが見えた。石関からは、1週間以内に連絡をするとのことだった。

海野は、ひまわり園からの帰り道で、介護の仕事を続けながら、その他に何がしたいのか、何ができそうなのかを考えた。「これをして欲しい」という提案があれば、海野は飛びついたかもしれない。電車にゆられて考えた。海野に向けられる明確な需要は、今のところ介護の仕事以外にはないようだった。

42　新たなる挑戦

海野が半年間の雇用契約で働いた高齢者施設を退職する直前に、施設の広報誌が発行された。そこには、海野の写真と新年を迎えた頃に下村に言われて書いた新人職員としての海野の挨拶が載っていた。海野は、広報誌を見て自分に期待してくれる利用者やその家族に申し訳ない気持ちがあったが、仕方がなかった。あと数日、自分が書いたメッセージの通り、利用者のために心を込めて働こうと思った。

海野は、退職間際に、午後の時間帯に開催された高齢者の口腔ケアについての研修会に参加することになった。海野が希望したものではなく、神田から出席するように言われたものだった。参加人数調整という事ではなく、最後に少し勉強する機会が与えられたのだろうと海野は前向きにとらえた。講師は、高杉だった。海野は、思いがけずに高杉に退職の挨拶や研修で指導を受けたお礼を言う機会を得た。それでも海野は高杉の甲高い情熱的な話を聞いていただけで、高杉に話しかけることはしなかった。高杉に教えてもらったことは、海野が介護福祉に関わる限り、忘れることはないだろう。

研修会は、介護の基礎研修の中で学んだことの復習のような内容で、海野が新しく学んだことはなかった。それでも、研修会を終えて、海野は「(介護では)口腔ケアも大切だぞ!」という神田からのメッセージを受け取ったように感じた。

退職の日の木曜日には、海野は何時も通り朝礼でソレイユ・グループ施設の理念を唱和して、午前中の入浴介助から夕食介助と口腔ケアまで一通りの業務をこなした。海野の最後の仕事は、夕食後の排泄介助の状況をチェック表に書き込むことだった。海野は、その日に一緒に働いていた佐々木にお礼を言って、まだ仕事をしていた神田の席に行って退職の挨拶をした。下村も2階の席で仕事をしていたので、海野は挨拶をした。海野は、その日、昼休みの頃から顔を見かけた職員には退職の挨拶をしていたが、その日休みだった田丸やライバルの大沢には挨拶をしないまま職場を後にすることになった。

後日、施設から借りていたポロシャツをクリーニングして返した際に、退職の挨拶代わりに個別に包装されたお菓子の詰め合わせを差し入れた。それでも海野が一緒に仕事をした介護職員全員にはいきわたらず、海野のささやかなお礼の気持ちは気付かれることはなかったかもしれない。

その翌日から、契約上では、海野のひまわり園での勤務が始まった。海野は、ひまわり園を訪れて高校の同級生の石関と話をして、園長の近藤と面接をした後、すぐに石関から採用の連絡を受けた。海野は、再度、ひまわり園を訪れて入社に必要な書類と、青いジャージ2組と白と紺のポロシャツ1枚ずつを制服として受け取った。ひまわり園での実際の仕事は、ソレイユ・グループの高齢者施設との契約満了の翌週月曜日から始まることになった。

空いたすき間には、何かが入るという感じで、海野は、小売流通業の創業社長の相談相手の仕事を突然引き受けることになった。海野は、マンションの前に捨てられるゴミの山を見て環境問題に関心を持っていた。指定されたゴミ袋に入っていないゴミを時々見かけた。かさばるコンビニ弁当やスーパーの食品の容器、牛乳のパックなどはリサイクルできそうだった。燃えるゴミもビンや缶などの燃えないゴミも一緒に出されていることも多かった。海野の目にはとても非効率に見えた。海野は市役所に電話をして問い合わせてみた。市役所でも困っているという話だった。そんな問題意識から、海野は市の環境セミナーに参加した。そこで父親よりも大分年上の男性参加者と気が合って話をするようになった。

環境セミナーのグループワークで一緒になった星崎雄二という年配の男性は、海野がアメリカの大学で経営学や経済学を勉強していたこと、投資会社に勤めていたことなどを話すと海野の話に関心を持っていた。海野は、後から知ったのだが、星崎は地域で小売流通業を展開するエブリデイグループの創業社長だった。星崎は、最初は八百屋をしていたのだということだった。

海野は星崎の会社に遊びに来るように誘われたので、介護の仕事が休みの日に星崎の会社を訪ねてみた。店舗の中の事務所で星崎に会いに来たことを伝えると、倉庫の一角にある部屋に案内された。その部屋の前には「経営戦略室」と書かれた表札が掲げられていた。部屋の中には「日々好日」、「ピンチはチャンス、チャンスはピンチ」など星崎が筆で書いたのであろう文字が壁一面に貼られていた。海野は、そこで月に2回、星崎の相談相手をすることになった。

海野が働いていた高齢者施設を卒業することになってから数週間で、色々な事がバタバタと決まった。海野は、特に困惑することもなく、空いているすき間に、新しい品物が配達されてきて、すっぽりと収まったように感じている。

半年の雇用契約を満了した海野の新しい生活の第一歩は、介護の仕事で疲労感が残る体をサンドイッチと熱いコーヒーで目覚めさせて、中国で開催される海野が通っていたアメリカの大学の同窓会に参加するために、電車を乗り継いで空港に向かうことだった。

43　中国での歓迎ディナー

海野にとって雇用契約満了後の中国旅行は、言わば、半年間、慣れない介護の仕事を続けた自分自身に対する褒美のようなものだった。海野は、民主化運動を弾圧するなどして、言論の自由が認められない中国に行ってみたいとは思っていなかった。それでも、反日感情もある韓国に、大学の同窓会の機会を活かして行ってみてからは、抵抗感が大分和らいだ。実際、同じ大学で学んだ現地の同窓生の理解と協力があったし、身の危険を感じるようなことはなかった。街で出会う人々は基本的に親切だった。中国と歴史的関係の深い台湾も同じように同窓会の機会を活かして訪れたことから、海野の中国への関心は高まっていた。

海野が始めた介護の仕事とは直接関係はなかったが、中国での同窓会と海野の転職の合間がピッタリと重なった。リサの理解もあるのだから、海野はそんな機会を逃したくなかった。時給制で介護の仕事を半年間してきた海野にとって2泊3日の中国旅行代は1カ月分の給料に近かった。費用だけ考えれば、思いとどまることもできただろう。海野としては、自己満足に過ぎなくても、目の前の出来事から逃げたくなかった。

空港を昼過ぎに飛び立った飛行機が中国に着いたのは夕方だった。海野は、中国語の漢字の語感と併記されている英語を頼りに、地下鉄を乗り継いで、予約していたホテルにたどり着いた。そこで、シャワーを浴びる時間もなく、半年ほど着ていなかったスーツを着て歓迎ディナーが開かれるホテルへと向かった。同窓会の案内では、歓迎ディナーが開かれるホテルも宿泊先として勧められていた。海野は少し格下のホテルを選んだ。それでも海野にとっては贅沢に感じられた。海野がチェックインしたホテルから会場のホテルまでは歩いて行くことができた。

歓迎ディナーの会場では、同窓会でよく見かける日本人の同窓生、アジア地区同窓会の会長である韓国人のパクさん、同窓会で顔なじみになっている香港や台湾から来た友人を見かけた。海野に何時も同窓会を案内してくれる同級生だった佐藤一則もグラスを片手に中国人の女性と話をしていた。海野は佐藤の会話を邪魔しないように気づかいながらも佐藤の視界に入って表情で挨拶した。

海野は、大学を卒業していないので会場の受付で受け取った胸に付ける名前の書かれたカードには"GUEST"(ゲスト)と書かれていた。卒業生は、卒業の年と"BUSINESS"(経営)や"EDUCATION"(教育)などの専攻が記されていた。海野は、卒業していないことが少し後ろめたくはあったが、参加者の中には、語学学校を終えただけの者や同窓生の家族や友人も多かった。海野は大学に実際に通っていた学生であり、日本の同窓会の幹事の一人である佐藤の招待者でもあった。海野にとっては3度目のアジア地区の同窓会への参加だった。「踊る阿呆に、見る阿呆」ではないが、気にせずに楽しんだ方が明らかに得だった。

同窓会では、すぐに仕事につながったり、直接、何か恩恵を受けるようなことはなかったが、同じ学校で過ごした時間を皆で思い起こし、懐かしみ、同じ時間を共有することで、また前を向いて歩いて行けるような感覚が得られた。それは海野にとってかけがえのないものに思えた。

海野は、同窓会に参加するために名刺を作った。それに合わせて海野は会社を一社立ち上げたことになる。

『海野投資経済研究所』

それは英語名では“Umino Investment & Economic Research”となり、名刺の裏側に印刷された。そして、日本国外で活躍するはずの海野の名刺の裏面には、日本語では『所長』と表記されている海野の肩書が、少し控えめに響くことを期待して“Representative”（代表）とされていた。

海野は、バーカウンターで、グラスワインを受け取って、一口飲んで、顔見知りの日本人やアジア系の友人に挨拶をした。せっかく作った名刺ではあったが、ほとんど配る機会はなかった。海野は介護職員として日々の生活がやっとできるくらいの収入しかないことを皆に見透かされているのではないかと心配になった。数年前に海野と同窓会で会った顔見知りの間では、海野は、当時は海外でも名前を知られている日系企業に勤めていたので、海野が話さない限り、そのまま記憶されていることだろう。海野は、そんな自分のキャリアを修正して回ることが心苦しかった。

海野は、自分の近況に関心を持ってくれる人々には、自営業者を名乗り、介護の仕事をしていることも正直に話した。海野の内心では、自分で高齢者施設を経営しているという気品や家族が福祉事業を手広く展開しているというような余裕を持ちたいところだった。それでも海野は嘘はつけなかった。

44　中国観光と同窓会

金曜日の夜、中国での最初の歓迎ディナーは、立食形式であった。外国人も多く利用するホテルのバイキング形式の食事は、日本で見かけるものと変わらないようだった。海野としては中国に来たのだから中国の料理が食べたいという気持ちもあるが、日本でも中華料理は珍しくはなかった。海野の味覚に合わないかもしれない現地の味付けを試してみようとは思わなかった。海野は、サラダ、海鮮の炒め物、肉料理などを皿に取って食べた。一角では、刺身や生寿司も提供されていた。

海野は、顔なじみの日本人やアジア系の友人と言葉を交わした。会場には、さすがに中国人が多く、海野は何人かの中国人とも話した。歓迎ディナーを終えて、海野の手元には20枚くらいの名刺があった。それでも、自作の名刺を配ることをためらったため海野の名刺は、それほどは減っていなかった。名刺を持っていない参加者も多かった。

結局のところ、歓迎ディナーでの海野の一番の収穫は、翌日の夜の同窓会の前に、同級生だった佐藤と一緒に博物館に行く約束をしたことと、市内観光の情報を手に入れたことだった。海野は、佐藤と大学時代から親しく、卒業後に一緒に会社を作ろうという話をしたこともあった。海野は大学を中退してアメリカの投資会社に勤めたが、佐藤は大学を卒業して日本に帰ってきて銀行に勤めていた。

数年前に韓国での同窓会に誘われた時、海野は、宿泊費を浮かせようという佐藤の提案を受けて、佐藤が借りたツインルームをシェアした。鍵を持っていた佐藤は2次会の後に3次会に出かけ、2次会で帰った海野は、佐藤が帰ってくるまで深夜の韓国の街を3時過ぎまで徘徊して時間をつぶしたことがあった。そんな苦い記憶もあって、今回、海野は自分でシングルルームを予約していた。

翌日、佐藤と一緒に訪れた博物館は、赤い塀に囲まれた広大な建物の近くにあった。広い道路を信号が青になる度に車が一斉に排気ガスをまき散らすかのように通り過ぎて行った。民衆の感情などは、勢いのある経済に押し流されているように感じられた。

広い博物館を海野は、佐藤のペースに配慮しながら回った。実物なのか複製なのか分からなかったが、古代中国で死者と一緒に埋葬されたという兵士や馬の人形群は迫力があった。一人で見学したらとても1日では見切れないほどの展示を佐藤と駆け足で回ったため、海野は同窓会までの午後の時間を使って、佐藤と別れて、美しい彫刻の施された円形の寺院などを見学することができた。海野は、佐藤に同窓会後の日曜日の朝、異民族の侵攻を防ぐために築かれた古い城壁を見に行こうと誘われていた。海野の帰りの飛行機は正午過ぎのフライトだったので、不可能ではなくても、とても忙しくなりそうだった。

同窓会は、中国の国会が開かれるという建物の中で開かれた。中国人の同窓生の経済力や政治力も働いているのだろう。中国舞踊のパフォーマンスやプロである同窓生のピアノの演奏もあった。歓迎ディナーと併せて同窓会のコストパフォーマンスはとても高いと海野は感じた。丸いテーブル席に次々に運ばれてきた料理は、全て中国料理というわけではないようだったが、どれも美味しかった。

海野は、となりの席に座っていた工学部出身の中国人のスマホに引っ切り無しに届くSNSのメッセージが多彩で興味深かった。海野が利用しているSNSは中国では全く使えなかったが、中国人も、少なくとも海野のとなりの席の中国人は海野以上に、SNSを日常的に活用しているようだった。

海野は、中国で働いているというアメリカ人の弁護士と話をした。海野は、率直に中国での生活で不自由はないのか聞いてみたが、不自由だとは言えないというような返事だった。あまり、深掘りをしてはいけないという雰囲気があった。

参加者のお土産の交換があり、海野は持参した創作こけしと引き換えにクッキーの詰め合わせを受け取った。海野は会場で同じクッキーの詰め合わせの包装をいくつか見かけた。

リサへのお土産として持ち帰ったクッキーは、特別に美味しいというわけではなかったが、現地では有名なお菓子なのだろう。

同窓会の翌日の朝、海野は佐藤の誘いを丁重に断って、昔、皇帝が住んでいたという宮殿を見に出かけた。海野は、広大な敷地を音声ガイド機を頼りに、午後の帰国のフライトを気にしながら、急ぎ足で回った。その後、公園で一休みしようと思っていた海野は、昔ながらの中国の街並みを案内するという愛想の良い中国人に誘われて、バイクの後ろに乗って庶民的な街の中を案内してもらった。その愛想の良い中国人は、海野の生活では考えられないほど高級なお茶を飲ませてくれるということだった。海野は、中国人に案内されて決して綺麗とは言えない大衆食堂のような店に入った。海野は、その特別高級なお茶を飲むことを何とか固辞することができたが、代わりに日本で飲むコーヒーの数倍の値段のお茶を一杯ご馳走になった。海野が普段飲むようなお茶よりは、いくらか香りと味が良いようだった。

海野は、予定していた中国での歓迎ディナーと同窓会に加えて、いくつかの日常では楽しむことのできない貴重な観光と冒険をこなして、無事日本に帰り着くことができた。

45　新しい介護の仕事と残業代

海野は月曜の午後に、週末に何事もなかったかのように新しい職場に出勤した。転職の合間の旅行は、職場にお土産を買っていく必要がなかった。介護の仕事と中国旅行というのは似つかわしくはなかった。海野は中国で高齢者福祉の現場を見てきたというわけではなかった。海野にとっては意義深くても、それは「観光」に分類された。海野がお土産を持ち帰ったのはリサだけだった。日曜の夜にリサと一緒に同窓会のお土産として受け取ったクッキーを食べた。海野は特に美味しいとは思わなかったが、リサは気に入って「美味しい」と言ってクッキーを食べていた。

ひまわり園での海野の仕事は、当面の間、午後1時から夜9時までの遅番の仕事となった。仕事内容の大きな違いは、入浴介助が無くなったことだった。海野は、半年間で数年分の入浴介助をしたような気分だった。入浴介助の仕事が嫌いなわけではないが、もう当面は入浴介助の仕事はしなくて良いのではないかと思っていたため、海野の中では、バランスが取れていた。

海野が半年間勤めた高齢者施設は、利用者が健康を回復して短期間で自宅復帰することを目標として運営されていた。新たな職場となるひまわり園は、介護の必要性が高い利用者が人生の最後の時期に、落ち着いて、充実した生活を送ることを目標として運営されていた。海野は、病院を退院したばかりの利用者などが短期間で健康と日常の生活を取り戻して、自宅での生活に復帰するというコンセプトには賛同するものの、実際に短期間で自宅での生活に復帰できる利用者はほとんどいないのではないかという実感を持った。脳梗塞などで体に障害を負い生活上の自由を失った利用者は、加齢による心身の衰えから抜け出すすべをほとんど持たないように感じられた。病状にもよるが、元々の生活習慣やその人の性格や意欲に応じて、最初から高齢者施設に入らない高齢者も多いのではないかと海野は思う。自宅復帰と言っても、家族のいる自宅ではなく、グループ系列の住宅型の老人ホームなどに移る利用者が多いようだった。

利用者本人の意思やその家族の希望に反して、利用者の心身の健康を取り戻して元気にしたいという第三者的な希望は、多くの場合、利用者の生活の負担や居心地の悪さにつながることになるのではないだろうかと海野は考えた。

半年間の高齢者施設の仕事の中で、海野が知っている限りでは、2人の利用者が亡くなった。一人の利用者は、亡くなる前日に海野が食事介助をした比較的元気な利用者だった。足がむくんできていて、食事をあまり食べていなかったので、海野は心配していた。そして、翌日出勤すると夜間帯に亡くなったということだった。既に家族に引き取られていたため海野は、最後の挨拶をすることができなかった。もう一人の利用者は、海野が普段接することの少ない利用者だった。見かけなくなった後で亡くなったと聞かされていた。家族の都合、病状、契約などによって突然のように退所する利用者も多かった。介護の仕事をしていると、生死に限らず、利用者と突然会えなくなることに対する抵抗感や喪失感は薄めていかざるを得ないだろう。

海野は新たな職場に入って1カ月間程、遅番の仕事をした。全体として、病院のような張り詰めた空気があった以前の職場に比べて新しい職場は、和やかで落ち着いているように感じられた。それでも、海野にとっては入浴介助の仕事がなくなった代わりに、オムツ交換の件数が増えていた。介助をすれば自分でトイレに行ける利用者もいたが、オムツをしている利用者も多く、夕食前のオムツ交換の時間には、職員が利用者の居室を回って一斉にオムツ交換を行っていた。

海野は、週3日から4日、月十数回のひまわり園での非常勤勤務の他に、月間のスケジュールを埋める必要があった。ひまわり園の非常勤の仕事だけでも、切り詰めれば、生活はできただろう。しかし、海野にとっては暇な時間を持て余すことが耐えられなかった。

読書や勉強をするのも良いが、海野にとっては、勉強や充電をする期間ではなく、明らかに、働いて結果を出すアウトプットの期間を迎えていた。

海野は、前の職場を紹介してもらったハローワークに行ってみた。介護の基礎研修を終え、紹介してもらった介護の仕事の契約を満了したこと、新しい高齢者施設で非常勤職員として働き始めたことを職員に伝えた。そして、兼業で働ける仕事を探していることを伝えた。求人の中には、介護の非常勤職員の募集も多くあった。求職者用のパソコンで介護の非常勤職員募集の求人をリストアップしてみたが、海野の琴線に触れる求人はなかった。

それよりも、何よりも、海野が相談した職員が、介護の仕事を掛け持ちでする場合、労働時間の規定を上回る労働に対しては「**残業代**」をもらうように話していたことが不可解だった。海野も、会社が残業代を払ってくれるなら、残業代を払って欲しいと思う。しかし、複数の会社に勤めて、どちらかが「主」でどちらかが「従」という明確な関係がない中で、どこの会社のどこの部分の労働が「残業」になるのかは、不明確だと思った。労働時間の全てに対して「残業代を払っていただけますか？」と言って求人に応募するのも現実的ではないだろう。働く側が、勤務を希望しても会社の都合で勤務にならない日もあるだろう。海野には、この残業代の議論が、**役所の理論であり、雇用の現場や非常勤で働く人々の立場を全く理解していない空論**に思えた。

46　利用者との出会いと夜勤

海野は、新しい職場での遅番の仕事を1カ月程続けて、利用者の名前と顔が一致するようになった。職場の和やかな雰囲気にも慣れた。海野は、それまでの半年間を振り返ると「昇進するか、脱落するか」と言うような切迫した雰囲気の中で働いていたように感じる。社風もあるだろう。それ以上に海野の雇用期間が「半年」に区切られていて、海野自身が短い期間で多くを求め過ぎていたのかもしれない。ひまわり園での海野の新たな契約は、1年契約だった。特に問題がなければ、自動的に更新されることになっていた。

海野の担当する部署には17台のベッドがあった。利用者の退所、移動、入院などでベッドが空いていることもあったが、ほとんど埋まっていた。海野は、利用者とも親しくなった。田中勉さん。田中さんは、首から下を動かすことができず、一日の大半をベッドの上で過ごしていた。食事の時間やお茶の時間には、リクライニング式の車椅子に、2人の職員による介助で移乗して過ごすことになっていた。田中さんのナースコールは吹きかけた息に反応するようになっていた。

田中さんは、ペンキ塗りの仕事をしていて屋根から落ちて首の骨を折ってしまったということだった。首から下を動かすことができなくても、感覚は全くないわけではなく、しびれ、痛み、痒みなどを感じるようだった。海野は、同じ部署の職員から田中さんに気を付けるように言われていた。5分に1回の頻度でナースコールで職員を呼び、体の向きを変えさせたり、背中のクッションの位置を変えさせたり、痛み止めや痒み止めの薬を全身に塗らせることがあるという事だった。海野が対応する限りにおいては、それほど頻回な訴えはなかった。それでも、体調が思わしくない時などは、ナースコールの回数が増え、いら立って怒鳴ったり、「早く死んじまえば良いんだけどな」などと言ったり、投げやりな言動が見られた。

海野が夜勤の仕事を任されるようになると、ナースコールで呼ばれた時に、田中さんは色々な話をしてくれた。山が好きで、山登りによく出かけた話や田中さんの面倒を見てくれているお姉さんの話などをしてくれた。

田中さんは、海野の父親の年齢ともそれほど離れておらず、仕事を定年退職するにはまだ早いようだった。もっとも何歳が定年退職の年齢として適当かという問題はあるだろう。田中さんは、体を動かすことができず、毎日時間を持て余しているせいか、よくテレビを観たり、ラジオを聴いていた。そして、とても時事問題に詳しかった。自分の体調が思わしくないことも原因なのだろう、政治や経済の問題など、大勢に批判的であることが多かった。

海野は、遅番の仕事については、日々、先輩職員について業務の流れ、利用者対応、オムツ交換や掃除の手順などを教えてもらった。夜勤に入るようになると最初は、海野の部署の別の職員も夜勤をして海野に仕事を教えてくれた。

遅番の仕事には、緩やかな仕事の流れの中にオムツ交換と夕食前後の対応という業務の山が二つあった。夜勤の仕事は、ひまわり園では夜8時から翌朝9時までだった。途中に3時間の仮眠時間があり、実際の勤務時間は10時間だった。夜勤の仕事は、静かな日が多かったが、それでも夜勤に入った直後のオムツ交換と利用者の起床介助時のオムツ交換やトイレ誘導から朝食介助と口腔ケアまでの時間は、戦場にいるように忙しかった。海野はそう感じていた。

海野が夜勤をするようになって数回は、同じ部署の職員が海野に仕事を教えながら仕事を分担してくれていたので良かった。1カ月程して、海野が夜勤者として独り立ちするようになると、海野は一人で自分の仕事をこなさなければならなくなった。海野は、利用者の返事があってもなくても、利用者が分かっていても分かっていないようでも、オムツ交換の手順を利用者に説明しながらオムツ交換を行った。海野としては、丁寧な利用者対応を心がけているつもりではあったが、海野の仕事は他の職員よりも遅かった。

夜勤は、1階のA棟とB棟、2階のA棟とB棟、全部で四つのセクションにそれぞれの担当者が入り、4人体制で行われていた。一人当たり、棟別に約20人の利用者を受け持つようになっていた。海野は2階のB棟を主に担当した。海野がオムツ交換を終えて、使った清拭タオルやオムツ交換で出たゴミを片付けようとする頃には、他の職員は自分の担当セクションのオムツ交換を終えて、片付け作業も終えていることが多かった。親切な職員は、自分の担当するオムツ交換を終えた後に、海野のオムツ交換を手伝いに来てくれた。海野は、そんな親切な職員に対して申し訳なく思った。

海野にとって、利用者に負担をかけたり、利用者を不快にすることなく、どうしたらオムツ交換の効率とスピードを上げられるかが、大きな課題となった。

47　オムツ交換の運営管理

海野の新たな職場では、入浴介助のような気力と体力を使う仕事が数時間も、また何度も繰り返されることはなかった。しかし、1時間程度のオムツ交換を集中して一気に終える必要があった。夜勤では、嵐のように忙しいオムツ交換の後に、夜の暗闇に包まれた静かな時間が訪れた。海野としては、オムツ交換の後、仮眠に入る休憩時間まで仕事のほとんどない時間があるのであれば、オムツ交換をゆっくりと時間をかけて終わらせても良いのではないかと思うが、他の職員との関係もあり、そういうわけにはいかないようだった。

海野の仕事が遅い理由は、不慣れであること、そのため手際が悪いことがほぼ全てだった。それでも、海野としては利用者に接する時間を、たとえ利用者が寝ていても、十分に取りたいという思いがあった。海野は考えながら行動するタイプだった。他の先輩職員にとっては、何時もの利用者に対する何時ものオムツ交換であり、考えるより先に手が動くのかもしれない。海野に指導してくれる同じ部署の先輩職員もそうだが、オムツ交換だけではなく、必要な薬を塗るなど介護支援の計画に沿った必要な対応を適切に行っている職員もいた。それでも海野よりは利用者一人当たりのオムツ交換にかける時間は短かった。

介護職員の中には、とにかく、オムツ交換が速いというタイプの職員もいた。決して利用者に対する配慮を欠いているというわけではないが、ベッドの上で利用者をコロコロと転がして海野の半分以下の時間でオムツ交換を終えるような職員がいた。それは、そういう職員の才能なのかもしれない。海野とは確実に別の世界に住んでいるような介護職員がいることを海野は感じていた。

海野は、中国で再会した大学の同級生だった佐藤が、銀行の仕事でも**オペレーション・マネジメント**に気を付けていると話していたことを思い出した。海野は、経営科目の中でオペレーション・マネジメントという勉強をしたことがあった。「運営の管理」や「運行の計画」などのことである。海野は、表計算ソフトを使って工場の生産ラインの工程表を作ったり、個々の工程の時間を計り、単位時間内で生産できる数量などを計算したりしたことを思い出した。そのような運営の管理の問題には、数学のように、計算に対して決まった解答がないことがとても難解だった。正解とされるような解答でさえも海野にとっては疑問に思うことが多かった。目的や条件によって答えは異なり、その答えは一つではないだろう。海野にとっては決して得意な科目ではなかった。

それでも、オペレーション・マネジメントの勉強をして、海野が思うのは、目の前のモノゴトを平面的、画一的に捉えるのではなく、**離れて見ること、高いところから全体を立体的に眺めること**が重要だということだった。また、事前に計画をすること、個々の工程に何が必要で、どれくらいの時間がかかるのかを前もって調べておいて十分な注意を払うことが重要だろう。それらを考える目的は、生産量を増やすこと、時間を短縮すること、原価を抑えること、品質を高めること、効率を上げることなど様々であろう。

海野は、どの居室のどの利用者からオムツ交換を始めて、どの居室のどの利用者で終わるのか、ベッドで寝ている利用者の布団をはいで、ズボンを下ろして、オムツのテープ止めを外すところから、利用者のお尻や陰部を清拭タオルでふいて、新しいパッドを入れて、オムツをテープ止めして、利用者のズボンを上げ、利用者の体位を整えて、布団をかけ直すまでの過程を思い描いてみた。

結局のところ、オムツ交換をする利用者の人数分だけ、布団をはぎ、オムツのテープ止めを脱着して、清拭やパッド交換をするなどして、体位を整えて、布団をかけ直すことになった。このような過程をいかに効率化できるかが海野の課題だった。このサイクルを短縮できれば、オムツ交換全体の時間を短縮できる。海野は、一人の利用者のオムツ交換と別の利用者のオムツ交換の間の汚物処理や、次の利用者のオムツ交換の準備にも時間がかかっていた。そんな余分な時間の短縮のためには、前もって必要な準備をして、オムツ交換の手順に慣れるしかないのだろう。

差し当たって、海野が省略できれば、オムツ交換のスピードを上げられると思うのは、手袋の着脱だった。感染症の利用者や便もれのある利用者のオムツ交換などを除けば、一人ひとりの利用者に対する手袋の着脱は必ずしも必要ないかもしれないと海野は考えた。それから、清拭も、研修でも、前職でも2回ふくことが基本のようだった。これを、全く拭かない、あるいは、1度で良ければ、何人ものオムツ交換をする中で、大分時間を節約できるだろう。

海野は、そんなオムツ交換の効率化の方法を考えながら、それでも基本的な方法でオムツ交換を続けた。

海野は、オムツ交換に限らず、介護の仕事全般にオペレーション・マネジメントの視点を当てはめてみた。海野は、それを「**一人オペレーション・マネジメント**」と呼んでいた。

例えば、朝、20人の利用者のバイタル測定をしなければならない時に、何が決定的な工程（クリティカルパス）なのかが問題になった。全体の工程を把握して、決定的な工程が必要とする以上に時間がかからないようにすることが効率化の基本となった。体温と血圧の測定では、自動血圧計が腕を締めつけてそれを解消するまでの時間が決定的な工程になっていて、それを人数分繰り返すことになる（体温測定時間∧血圧測定時間）。

別な言い方をすれば、20人の利用者の体温と血圧を測るのであれば、自動血圧計のボタンを押して20回膨らみ緩むまでの時間の合計より早くバイタル測定を終えることはできないということである。重要なのは、そのような決定的な工程の合計時間以内にいかに20回の体温測定を終えるかという事だった。何らかの理由で、体温と血圧を同時に測れない場合は、体温だけを測る回数をできるだけ減らさなければならない。それがバイタル測定における海野の一人オペレーション・マネジメントの要点となっていた。

当然、脇の下に入れて測る体温計よりは、ボタンを押して即座に体温を測れる非接触型の体温計の方が、血圧測定を妨げることがほとんどなくなり、望ましかった。体温測定は、血圧測定と同じくらい時間がかかることもある。体温と血圧を別々に測らなければいけないような場合は、必要以上に時間がかかってしまうことになる。

48　非常勤社員の経済学

海野は望んで、介護の非常勤の仕事をしている。フルタイムの正社員になりたければ、断られることはまずないだろうと海野は思っている。それでも、海野が、非常勤にこだわるのは、自由に使える時間を確保したいからだった。海野がしたい仕事は、介護の仕事だけではなかった。介護の仕事以外に、具体的に何がしたいかは明確ではなかったが、とにかく介護の仕事だけに身を捧げ、そして、その勤務先の会社だけに忠誠を誓わなければならないことを避けたかった。

海野は、勤務先の会社に対して不誠実なわけではない。むしろ、他の常勤の社員と比べても誠実な方であろう。しかし、海野には、名実ともに勤務先に忠実であることが大きな重荷であった。寝ている間は、どこの会社に忠実であるかは、あまり関係ないとしても、休日や勤務を終えた後の時間なども、一般的な就業規則上は、勤務先の会社のことを考え、忠誠心を忘れてはならないというのが、海野が働いている日本の文化であり、生活環境になっていると言えるだろう。海野は、それに反するよりは、代償を払ってでも、最初から自由でありたいと思っている。

海野が、フルタイムの正社員として働かないことで、海野が払っている明確な代償は、ボーナスと退職金をもらえないことだろう。ボーナスは、会社の経営状況にもよるが、多くの場合、年俸の一定の割合を夏と冬にまとめてもらえると考えることができるだろう。年俸を16カ月で割って、夏と冬に2カ月分が月給とは別にボーナスとして支給されるような場合が多いだろう。

海野は、非常勤の社員として働く事で、このボーナスの上乗せを放棄していることになる。**ボーナスは、実質的には、サービス残業代**だと考えることもできるだろうが、本来、働いた対価は、雇用形態に関係なく、同じように働く社員と同等に受けなければならない。ボーナス分を回収するために必要な上乗せは、海野の大まかな計算では、時給に換算して数百円になる。海野の時給は、決してそれほど高くはなかった。

正社員として働いていれば、数十年後に退職する際に退職金がもらえるだろう。海野は、それも放棄していることになる。40年間、一つの会社に勤めていれば、退職金として数千万円もらえることがあるだろう。それを埋め合わせるには、時給に換算して、やはり数百円の加算が必要になる。

大まかに言えば、海野は、海野と同じ仕事をするフルタイムの正社員に比べて**1・5倍**

の時給をもらわなければ、時間や労力を浪費していることになる。そして、それだけの賃金を受け取っていない海野には、別の理由付けが必要だった。その理由を、海野が手にしている自由な時間が満たしているか、少々怪しい面はあったが、海野に選択の余地はほとんどなかった。足りないのであれば、何か別の理由付けをするしかなかった。

海野は、自由な時間を活かして、人一倍健康でありたいと思っている。ボーナスがなくて年収が少なくても、退職金がなくても、健康で70歳、できれば80歳くらいまで働ければ、生活に困るようなことはないだろうと海野は考えている。

海野は、フルタイムの正社員でないことで、住宅手当などももらえない。結婚して子どもができれば、扶養手当なども付くだろう。海野は、それらを全て放棄している。

海野が手にするフルタイムの正社員よりも少しだけ多い自由な時間が、どれだけの価値をもたらすだろうか？　それは、必ずしも金銭や価値ある物品である必要はなかった。海野は、手にする自由な時間が、海野にもたらす心身の健康、学び、経験を最大化するような生活を望んでいた。

パートタイムの非正社員は、ただでさえ無責任であるだとか、仕事がいい加減であるだとかいう批判を受けやすい。しかし、責任が結びついている時間が契約で区切られているだけであって、決して無責任なわけでも、いい加減なわけでもない。パートタイムの非正社員は、時間を切り売りしているような側面がある。

会社の立場では、非常勤の職員を「下」、フルタイムの正社員を「上」として扱うことが、組織の運営上、社員の維持管理のために、好都合であるかもしれない。パートタイムの非正社員の中から、会社に必要な人材のみをフルタイムの正社員として採用して会社に取り込み、必要のない非正社員は切り捨てていくという運用もあり得る。そのような運用が、むしろ一般的かもしれない。しかし、それは海野の働き方には合わない。海野は、切り捨てられるリスクを覚悟しながら、一方で、何時でも新しい機会に適応できるように柔軟かつ俊敏でありたいと願っている。

49　リサ、店長代理になる

海野の転職の前後にリサの仕事も忙しくなったようだった。正確に言えば、仕事自体は変わらないのだが、リサが勤めている店の店長代理になることが決まり、リサは少し多くの責任と、周囲からの期待と不安の混じった視線を感じるようになっていた。リサは、海野に昇格するかもしれないと話していたが、実際にそれが決まったのは、海野が半年契約の高齢者施設を退職することが決まった後だった。海野の中国旅行と新しい高齢者施設への転職の前だったので、リサは言い出し難かったようだ。

海野が、リサの店長代理への昇格を知ったのは、海野が転職した後で、リサの予定を聞いて予定の合う日に会いたいと思った時だった。海野は、リサから研修で1週間留守にするので会えないと言われた。海野は、中国での同窓会に参加して中国観光を楽しんできたことがリサの気に障って怒っているのではないかと思い、心配になった。よくよく聞いてみると、リサが店の店長代理になることが正式に決まって、新たに店長代理になる社員が研修施設に集められて1週間研修を受けるということだった。海野は、ホッとすると同時に、リサが遠くに行ってしまうのではないかという不安も感じた。

海野の生活は、新しい職場での夜勤という新しい勤務形態を取り込んで、それなりに刺激に満ち、充実していた。リサは、店長代理になると言っても、相変わらずマイペースで、ほんわかとしていた。以前と変わらなかった。

海野が、夜勤の流れを覚え、要点を踏まえて、一人で夜勤ができるようになる頃に、リサは1週間の研修を終えて帰ってきた。

「海野君、元気だった？」リサは相変わらず明るく、店長代理という責任の重さを全く感じさせなかった。

リサは大げさに手を振って、海野の視線を集めた。海野も「もちろん元気だよ」と答える代わりに、笑顔でリサよりも大きく手を振って彼女を迎えた。

その時、リサが言った。「そうだ、海野君、原価償却費って知ってる？」

海野は、リサが、昔、海野が勤めていた投資会社のドアを突然開けて職場に入ってきたような感じがした。それは、会計の用語で、購入した資産を一定の期間で費用化するためのもので現金の支払いを伴わない費用のことだった。もちろん、海野は、その会計用語を知っていたが、なぜリサの第一声が、それなのか不思議だった。

その謎は、テラス席のカフェでリサの研修の話を聞いて解けた。リサは、一週間の研修を、新たに店長代理になる同じくらいの年代の社員から少し年上の社員と一緒に受けてきたということだった。「50代くらいの年配の人もいたかな？」とリサは言った。

「それがさぁ、色んな研修を受けたんだけど、私、会計の勉強がとにかくよく分からなくて、研修の最後の試験で、会計だけ不合格だったんだよね」とリサは言った。

海野は、会計は得意な方だったので、少しはリサの役に立てるだろうと思った。リサの会社では、店長代理になると店の売上、費用、利益の管理だけではなく、店ごとの資産の管理もしなければならないのだと言う。周りに客がいないことを良いことに、遠慮なく話すリサの話を聞いて、海野は、リサの店が、店舗というよりは、独立した会社のように運営がされているのだと思った。

リサは、オンラインの会計の補習を受講して、また試験を受けなければならないのだと言う。リサは、会計の本を買い込んで、海野と会うまで会計の勉強をしていたようだった。

「『のれん』なんて、お蕎麦屋さんとかの入り口にかかっているのはよく見るけど、会計の意味があるなんて、初めて知りましたっ！」

リサの言う「のれん」とは会計用語で、企業の純資産の価額と実際の買収価額との差のことだった。「でも、なんで、のれんて償却するのか全然分かんない？」とリサは言う。償却とは、資産を費用化して減額していくことだが、確かに海野もアメリカで会計の勉強をした時は、のれん（goodwill）は絶えずその時々の価値を評価し直して償却はしないと教わっていた。海野は、日本の会計基準が特別で、日本の会計基準も欧米の会計基準に沿って変わってきていると聞いていた。それでも詳しくは知らなかったので、踏み込んだ説明はできなかった。

「でも、アメリカとかでは違うんでしょ？」とリサが聞くので「確か、そう」とだけ海野は答えた。

リサは、自分の受けた研修の内容を復習するかのように海野に色々話してくれた。「砂漠に飛行機が不時着した時に何を持っていくかとか、店の仕事に関係ないよね？」リサは、グループでの話し合いで他のメンバーに妥協して持ち物を決めていたら、最後の答え合わせをした時に「何か、いらないものばかりになっちゃった」ということだった。リサは本当に悔しそうだった。

リサの話は続いた。「戦場で敵から逃げる時に誰かを残して行かなければならないんだって。誰を残すか？　って聞くから、私が残りますって言ったら、それで部下が助かりますか？　って聞かれて困っちゃった。私、戦争行ったことないし、どっちみち道が分からないと思うんだよね」とリサは悪気なく、素直な感想を海野に聞かせてくれた。

海野は、組織行動論やリーダーシップの勉強をした時に、そんな話を聞いたことがあったと思い出した。リサの止まることのない話を興味深く聞き続けた。海野は、差し当たって、リサに行きたい場所やその日の希望をたずねる必要はなかった。

50　社内コミュニケーション

海野は、人付き合いが嫌いな方ではないが、病院に勤務している両親の影響もあるのだろうか、人のつながりを広げて何かをしようという意識はなかった。家が商売をしているような友人は、愛想が良く、誰からも好かれ人の輪が広がっているという印象があった。海野としては、平均的な礼儀と社交性を両親から引き継いでいるのだろう。

半年契約で働いた高齢者施設では、他の社員との関係が、特に悪かったわけではないが、決して良かったわけでもなかった。むしろ、海野は、最初からその会社には合わないと分かっていたのかもしれない。介護・福祉の仕事は、海野にとって、突然目の前に現れた課題のようなものだった。どうしても、その仕事がしたいということで、探し求めた仕事ではなかった。そこを通らなければ前に進めないので、決して望んではいなかったが、真摯に向き合わなければならない仕事だったように海野は思う。海野には、介護・福祉業界に対するよそよそしさや外部者意識がある。それは、海野の理想や海野の自尊心を支える投資業界での比較的華やかな経験の影響かもしれない。

介護・福祉の現場での仕事の向き不向きは別として、職場が海野に合わないということはあるだろう。グループを形成する比較的大きな組織の中にあって、社員間の競争意識、部署や上司と関係する派閥意識の影響などもあったのかもしれない。海野が半年間所属した組織の中で、海野を引き上げるものはなかった。海野自身の意欲も確かに欠けていた。海野は、昼休みの時間などに休憩室で一緒になった他の職員と話をした。それでも、それほど親しくなることはなかった。それが直属の部課長の評価にもつながり、結局、半年契約を契約通りに満了することになったのだろう。海野は、上司におもねる必要はないと思うが、他の職員による誤解や自らの不注意によって誤った評価を受けることはできるだけ避けたいと思っている。

職場に限らないが、人とのコミュニケーションは、直接的な言葉や感情の交換である。それが相手やその周囲の人々から、その他の人々にも伝えられる。それは伝言ゲームのようでもある。伝える人の理解、感情、意図、偏見や先入観などによって伝言の内容は変わる。結局のところ、本人の人となりや本人の意思が根源にあっても、上司や組織のキーマンとの関係、それをつなぐさらに多くの人々との関係、それらの人々の理解、感情、意図などによって情報の伝達は左右される。本人が楽観的であれば、楽観的に、悲観的であれば、悲観的に事が運ぶ場合もあるが、そうならないこともあるだろう。

海野の新たな職場、ひまわり園では、高校の同級生だった石関との良好な関係もあって、海野にとっては好ましいようだった。それでも、不要な波風をたてることは海野としてもできるだけ避けたかった。それを、無理に抑えようとすれば、角が立つかもしれないが、海野自身が反省して言動を改めるためにも海野は職場でのコミュニケーション、そして、石関との関係に注意を払った。

職場には、新しい職員などに事細かく注意をしたい先輩職員がいる。悪気はなく、親切心からの言動もあるだろう。職場での役割や責任感もあるだろう。新人職員に一つ一つ指示を出す必要があることもあるだろう。社会人として何もかも素直に受け止めて吸収するには、海野の少しばかりの社会人経験と介護・福祉の仕事に対する半年間の経験が先入観となった。海野には素直な新入社員のような柔軟さはなかった。

海野が担当する利用者の中には、認知機能の低下によるのだろう、食事を出しても自分ではしやスプーンを使って食べられない利用者がいた。それでも、口元まで食事を運ぶと口を開いて食べられる利用者がいた。中には、口に入れた食事を何時までも噛み続けてしまい、食事に非常に時間がかかる利用者がいた。松島佐和子さんがそうだった。

ある日、海野は、何人かの利用者の食事介助をしながら佐和子さんの食事介助をしていた。佐和子さんの他にも食事を取り分けて少量ずつ出さないと、パクパク食べてむせ込んでしまう畠田妙子さんや、やはり自分では手を動かして食事を食べることがほとんどできない、それでいて、とても短気な萩原健一郎さんなどの利用者がいた。

海野は、他の職員と手分けをして随時10名くらいの利用者の食事に注意を払い、3、4人の食事介助をすることになっていた。慌ただしい食事介助の中で、海野は、佐和子さんの食事介助をほとんど終えて、他の利用者の食事介助を続けながら、佐和子さんに、むせないようにトロミの付いたお茶を飲ませていた。他の利用者の食事介助と並行しての佐和子さんの介助は時間と根気を要した。お茶が半分程になると、椅子に座ってお茶を飲ませているのでコップの中のお茶の水位が見えず、佐和子さんにお茶を飲ませにくかった。他の利用者の食事介助のための移動時間も節約したかった海野は、立ったまま佐和子さんに残りのお茶を飲ませた。そんな時に、その日のリーダー職員の長田光江から「座って食事介助をして下さい」と注意を受けた。

海野としては、色々言い分はあるのだが、少なくとも長田には食事介助の基本として利用者の隣に座って介助をするのが正しい方法だと思えたのだろう。

このような、他の職員とのコミュニケーション上の小さなすれ違いが海野にとっては大きなストレスになった。自分が立って食事を介助している理由を列挙しても、介助の基本論の前に、否定されてしまうのかもしれない。細かい指示を受けず、海野の裁量にある程度任せてもらえれば良いのだが、他の職員の性格や責任の意識などにもよるのだろう、意思の疎通が上手くいかないことが時々あった。

海野は、仕事が終わってから事務所で働いている石関にその日の長田とのやり取りを話して、念のため自分の言い分も伝えておいた。石関は、「長田さんも介助方法を実際に見せるなどして丁寧に指導すれば良いのになあ」と言った。それでも職員の性格まで変えることはできず、仕方がないという印象があった。海野が聞き流すなどして、適時、適切に対応すれば良いだけの話でもあったのだろう。

海野としては、本人と直接話をするか石関に個別に相談するかしか自分が職場で置かれている状況を改善する方法がなかった。介護職員の中には、タバコを吸う職員が多く、職員間のコミュニケーションの大半は喫煙所で行われているのではないかという印象さえあった。それでも、海野は、他の社員とコミュニケーションをとるためにタバコを吸おうとまでは思わなかった。

51　エブリデイグループの相談役

海野は、ひまわり園への転職と同時に、新しい仕事を得た。それは、市の環境セミナーで一緒になった小売流通企業の創業者である星崎雄二の会社を月に2回訪問して、星崎の話を聞く仕事だった。

星崎は、70歳になったことを機に、社長を息子に譲っていた。星崎には息子が3人いて、2人がグループ内で働いているということだった。海野には、星崎の息子との面識はなく、誰が社長なのかは分からなかった。星崎は息子に社長を任せて会長となっていたが、まだ20代の海野と比べても活力がみなぎっているという印象が強かった。実質的には、星崎がエブリデイグループの主導権を引き続き握っているようだった。

エブリデイグループは、星崎の父親が始めた八百屋が母体になって生まれた企業だ。低価格競争が進む中で、星崎の父親は農家との直接契約によって新鮮で質の良い野菜の取り扱いにこだわり、地域の消費者から支持されてきた。野菜専門の八百屋の業態に疑問を持った星崎が、八百屋を手伝うようになってから、新たな取り組みが始まったのだという。

星崎は、肉や魚などの生鮮食品と雑貨を扱う小売店を開き、エブリデイグループの基盤を作っていった。その後も取り扱い商品を増やし、衣料品や家電製品も扱うようになり、多店舗展開を始めた。星崎は、地域基盤を徐々に拡大していった。10年程前に星崎の息子達がグループに加わり、最近は、インターネットを通した通信販売や宅配サービスなどの事業が好調ということだった。

海野は、特に何かを助言するでもなく、そんな星崎の話を聞いていただけではあるが、海野がアメリカの大学で経営学を学んでいたこと、投資会社で働いていたことなどを話すと、都合の良い時に、会社に来て話し相手になって欲しいと誘われた。毎月第2、第4火曜日の午後2時に海野は星崎の会社を訪問して星崎の話を聞くことになった。海野の仕事は、星崎の個人的な相談相手と言ったところだったが、それはエブリデイグループ全体に通じることのようだった。

海野は、何度か星崎の会社を訪れて星崎の話を聞いた。海野は、どんな相談をされるのかと内心ドキドキしていて、小売流通業の本を買って読んだり、エブリデイグループの店舗をこっそりと訪れて売り場を見学したり、同業になりそうな企業を検索して調べてみたりしていた。それでも、海野は星崎からエブリデイグループの事業について助言を求められるようなことはなかった。

星崎は、父親の代に始まった事業の歴史と息子達が加わって行われている事業変革について海野に話しながら、自分の考えを整理してまとめているようだった。星崎が求めているのは、海野からの助言などではなく、自らの経験と思考をまとめて体系化する機会だったのかもしれない。星崎は、まだ若い海野と話しながら、日本的な価値観にとらわれることなく、国際的な視野を交えて自らの考えや経験を見直し、そこから得られる経営論を作り上げたかったのかもしれない。

海野は、元々、経営学に関心を持っていた。投資会社に勤めている間は、経営者や幹部社員の話を聞いたり、必要であれば直接話すことができるのが楽しかった。海野は、星崎の話を何度か聞いた後で、星崎に起業家や将来の経営者を対象とする経営セミナーを開催してはどうかと提案した。星崎は、海野の初めての提案に対して「うーん」と考え込んでいた。海野は、悪いことを言ってしまったかと不安になった。しばらくして、星崎は「やってみるか」と晴れやかな表情で返事をした。海野としても、星崎の話を整理してまとめて聞いてみたかった。また、経営者を目指す意欲的な同世代の人々にも星崎の話を聞いて欲しいと率直に思った。

海野は、貸し会議室を借りて、およそ1カ月後に星崎の経営セミナーを開催することにした。1時間半の星崎の講演の後に、休憩時間をはさんで、星崎に自由に質問できる時間を設けることにした。また、経営セミナー終了後に希望者を対象に星崎を囲んでの懇親会を開催することにした。星崎は、この海野の計画をおよそ了承してくれた。そして、詳細なスケジュール調整やエブリデイグループの社員の参加については総務課の鈴木信也と話をするように星崎から言われた。星崎は、エブリデイグループからも社員を参加させたいということだった。

海野は、星崎から紹介された鈴木と相談して、50名程収容できるアクセスの良い会議室を借りて星崎による経営セミナーを開催することにした。参加費は一人5000円として、エブリデイグループの社員は特別に一人3000円とすることになった。収益は、会場代などの諸費用を差し引いて海野の収入として良いことになった。もちろん、星崎の講演料は無料で、鈴木など数名の社員が経営セミナーの受付などの運営を手伝ってくれることになった。エブリデイグループからは20名を上限に経営セミナーに参加させることになり、希望者募集が始まった。

海野は、星崎を講師とする経営セミナーの運営主体として「マリンフィールド経営研究会」という団体を考案した。「マリンフィールド」とは、「海野」を英語にしたものだった。

52　星崎会長の講演

海野は、1カ月後に開かれる予定の星崎会長の講演会の告知宣伝を始めた。海野は、ひまわり園の非常勤社員として自由になる時間を使って介護の仕事とは違う活動を始めた。それは海野が新たに考案したマリンフィールド経営研究会の運営であり、海野が頭の中で設立した海野投資経済研究所の活動でもあった。定員の約半分は、エブリデイグループの社員からの応募で埋まった。募集を始めると社内から10名程の応募がすぐにあったということだった。そこに、鈴木など運営サポートスタッフが5名ほど加わり、その他、当日都合がつくエブリデイグループの社員が参加することになった。

海野は、地域のフリーペーパーのイベント告知欄に、起業家や将来の経営者向けの経営セミナーとして星崎の講演会を紹介してもらった。また、地域の新聞社に相談するとイベントの紹介記事を書いてもらうことができた。フリーペーパーや新聞で星崎の経営セミナーが紹介されると数名の応募があった。海野が留学時代に知り合った知人が、社会人の留学や国内の大学などへの進学支援をしていた。海野が、密かに始めた事業の相談をすると教育学の修士課程を修了している村野ルミ子は、自分の発行するメールマガジンやSNSで海野が主催する星崎の経営セミナーを紹介してくれた。それを見た参加希望者が10名ほどいた。星崎の経営セミナーはほぼ満席となった。

経営セミナー当日、海野の司会で経営セミナーは始まった。海野は、市の環境セミナーで初めて会ったことから始まった不思議な縁に触れて、起業家として星崎の経営を勉強していきたいと自らの決意を添えて星崎を紹介した。海野の起業家としての決意は、決して嘘ではなかった。それは確かに海野の漠然とした希望の一部を構成していた。

星崎の講演は、あまり人前で話すのが得意ではないという前置きから始まった。星崎は、社員の前で機会があるごとに話をしているようではあった。星崎は、自らの経験や考えを語るのは好きなのだろう。それでも、それを人に伝えて、受け止めてもらうのは難しいと考えているようだった。

星崎は、子どもの頃の思い出から話を始めた。星崎は4人兄妹の末っ子で兄と姉は星崎が子どもの頃に病気で亡くなってしまったそうだ。星崎自身も病弱で子どもの頃はあまり長く生きられないと医者から言われていた。星崎の父親が戦後の復興の中で始めた商売はなかなか上手くいかずに、星崎は日々の空腹を満たすために山に行って食べ物を見つけてきた。そんな中で、星崎の父親が近所の農家が作った野菜を譲り受けて販売する商売を始めると評判が良く、星崎の生活は安定していった。星崎は、子どもながらに父母が切り盛りする八百屋を手伝った。星崎は、高校を卒業して、低価格販売のチェーンストアに就職したが、1年を待たずに会社を辞めて父親の八百屋を手伝うようになった。

野菜だけではなく、肉や魚などの生鮮食品、雑貨や加工食品の販売を始め、取り扱い商品を増やす中で衣料品や家電製品の販売も手掛けるようになったのだという。地域に密着して多店舗展開してきた星崎のモットーは**『お客さんが一番』**だった。

星崎は、父親の八百屋を足掛かりに、お客さんが新鮮で質の良い野菜と一緒に食卓に並べる肉や魚の取り扱いを始め、必要な雑貨や加工食品も店頭に並べた。星崎を導いてきたのは「お客さんの声」だと言う。そして、お客さんの求める衣料品や家電製品を加えて店を少しずつ大きくしていったそうだ。そして地域に密着しながら店舗を増やしていった。

このような事業の拡大を星崎一人で行ったのではなく、星崎は自分を支えてくれる人材に恵まれていたことも幸運だったと話した。

現在展開しているインターネット販売や宅配サービスなどの事業は星崎の発想ではなかった。星崎は、お客さんのニーズと結びつく優れた技術をつなぐことや社員の情熱を上手く橋渡しすることが今の自分の仕事だと思っていると話して講演を締めくくった。

休憩の後、星崎に対する参加者からの質問も活発に行われた。星崎は、家族の支え、倒産の危機を乗り越えたエピソード、趣味や健康の秘訣などについて参加者からの質問に丁寧に答えていた。

経営セミナーの後の星崎を囲んだ懇親会も、セミナー参加者の大半が参加して盛会だった。

53　ひまわり園の利用者

海野は、ひまわり園の介護の仕事を中心にして、月に2回エブリデイグループの星崎会長の話し相手にもなった。海野の介護の仕事は午後から出社の遅番の仕事と夜勤が中心だったので、午前中の時間は比較的自由になった。星崎の会社を訪ねる日は、休みにするか夜勤明けにするようにしていた。

海野は、投資会社で働いていた経験や会計の知識を活かしてオンラインの株式投資の講座も主催した。海野の説明は分かりやすいと評判になり、海野が開設したインターネットサイトのページビューは1日1万件を超えることがあった。海野は、株式投資を余裕資金で行うこと、一か八かの投機はしないこと、基本的に好きな会社の株式を買って短期で売買するのではなく長期で保有することなどを勧めた。

海野は、会計の知識を活かして、株価の高低を判断する指標や企業の財務状況を分析する方法などについて解説した。海野自身、株式投資の実践から学んだというよりは、本を読んで勉強したことを自分の言葉で、分かりやすく説明しているだけだったが、評判は悪くなかった。

海野は、そんな仕事と言うよりは、趣味に毛が生えたような活動を続けながら介護の仕事を続けた。海野は、介護の仕事が好きというよりは、嫌いではなかった。まあ、好きなのだろう。海野は、もっと早くオムツ交換をできるようになりたいと思っていたし、利用者のおじいちゃんやおばあちゃんと、かみ合わない話をすることが嫌いではなかった。利用者の笑顔と「ありがとう」という言葉は、働き甲斐になった。

海野が非常勤社員として勤めるひまわり園は、介護の必要性が高い高齢者が利用する施設だった。高齢者は亡くなる時は、自宅で亡くなることを希望することが多いが、海野が勤める施設で亡くなる利用者も少なくなかった。厳密に言えば、容体が悪化して入院して病院で亡くなる利用者もいたが、人生の最後の時期を海野の勤める高齢者施設で過ごすことになる利用者は多かった。

海野の担当する部署にも、認知症を患った利用者は多かった。首から下を動かすことのできない田中勉さんなどは、むしろ例外であった。田中さんは、時々、体調が悪くて、あるいは、職員の対応が悪くてイライラしていることもあったが、普段は自分の状況も他の利用者の様子もよく分かっていた。田中さんは、食事を職員がスプーンで口元まで運んで食べていた。職員の食事介助の手間を気にしているのか、あるいは、そういう食べ方が好きなのかよく分からなかったが、ご飯とおかずを全部混ぜて口元に運んで欲しいと希望することがあった。食事が終わるとホールか居室に戻ってテレビを観ていることが多かった。

松島佐和子さんは、食事を自分で手を動かして食べることはできないが、スプーンやはしで口元まで食事を持っていけば食べることができた。松島さんは、温和な方で、普段はにこやかに過ごしていた。時々、独り言のように何かを言うが、何をしゃべっているかは聞き取れなかった。記憶の中からふと思いついた言葉を話そうとしても、その単語を正しく発音できないので、結局何を言っているか分からないというような状態だった。

畠田妙子さんは、人の好いおばあちゃんという感じだった。畠田さんも何時も笑顔で、仕草に愛嬌があって可愛かった。食事を出すと、パクパクと食べて、時々むせ込んでしまうことがあった。自分の食事を食べ終わると今度はとなりの席の利用者の食事まで食べ始めてしまうことがあった。そんな行動でさえ、憎めない可愛らしさがあった。他の利用者の食事を食べないように注意しても、何を言われているのか分からないと言った様子で、何時もニコニコしていた。

萩原健一郎さんは、とても短気で、気に入らない事があると手でお茶などを払いのけてしまうことがあった。食事を出しても、自分で手を動かして食べられないことが多かった。それでも、時々、自分でスプーンを持ってご飯を食べられることもあった。職員の対応が気に入らなかったりすると、ご飯を「いらねえ」と言って拒否することがあった。それでも、しばらくして忘れてしまい、口元にご飯を運ぶと食べることがあった。

その他にも、隅田兼二さんは何時も職員の顔を見ると「ご飯、大盛ね」と言うのが口癖のようになっていた。ご飯を沢山食べたいということに強い思い入れがあるのだろう。居室から出てきて「ご飯、大盛ね」と注文して、席について「ご飯、大盛ね」と確認する。しばらくして、職員を何度も呼び止めて「ご飯、大盛ね」と言う。隅田さんは、配膳の時にも大盛のご飯を注文して、実際にご飯が山盛りになっているのを見て納得するという具合であった。

海野は、隅田さんの大盛ご飯の注文に対して毎回新鮮な気持ちで「分かりました」「了解です」「承知しました」「大丈夫です」などと答えていた。

隅田さんが、体調を崩した時、歩行が安定せず、海野が隅田さんを居室まで案内するとよろけてベッドに倒れ込んだことがあった。隅田さんは、ベッドに勢いよく寝転ぶような形になり、海野は腰でも痛めたのではないかと心配した。次の日に、隅田さんの腰から足にかけてどこかに強く打ちつけたような大きな紫色のあざができていた。隅田さんは、特に痛がってはいなかったようだが、見た目の状態はとても悪かった。

海野は、隅田さんがベッドによろけて倒れ込んだことをヒヤリ・ハットの対象としても事故としても報告していなかった。海野としては、隅田さんの腰の紫色のあざが海野の目の前で起きた出来事によるものなのか、あるいは、別の転倒などでできたものなのか分からなかった。それでも特に転倒の報告は上がっていなかったため自分の目の前で起きた出来事と結びつけざるを得なかった。そんな事情を、海野は、その日に出社していた課長代理の松下良助に正直に伝えた。海野は、その事で特にとがめられることはなかったが、後味の悪い出来事として記憶に刻まれることになった。

54　星崎会長の野心

海野は、リサと毎日電話やSNSで話をしていた。週に1回は会ってご飯を一緒に食べたり、出かけていた。リサは、店の店長代理の研修の最後に、海に向かって大声で自分の目標を他の研修参加者の前で叫ばされたのだと教えてくれた。リサは「私ね、『結婚したい！』って叫ぼうと思ったんだけど、やめといたんだ」と笑いながら話していた。海野は、それで何を叫んだのか聞いたが、リサは「秘密」と言って教えてはくれなかった。

海野は、近いうちに自分の両親にリサを紹介したいと伝えていた。リサは「じゃあ、私の家にも来てね」とうれしそうに答えていた。それでも、そんな約束をしてから1カ月以上が何事もなく過ぎていた。

海野は、エブリデイグループの星崎会長を講師とする経営セミナーの後で、星崎の会社を何度か訪問して、その都度、星崎の話を2時間ほど聞いた。星崎は海野の関心のありそうな事を察するように話していた。海野は、相づちを打って、星崎が話しやすいようにするのが役割のようだった。海野が、星崎の話で分からない事を時々質問すると、星崎は詳しく教えてくれた。

星崎は、海野が星崎の所に来ると、店の在庫から缶コーヒーやお茶を二つ取ってきて、一つを海野に渡した。海野は、それを飲みながら流れるように続く星崎の話を聞いた。星崎の話は何時も延々と続きそうな勢いときめ細かさを持っていたが、2時間ほど話すとピタリと止まり、星崎は海野を帰して、自分の仕事に戻っていった。

星崎の講演会の会場には、星崎の次男で星崎の後で社長を継いだ星崎俊司も来ていた。海野は、この時初めて社長である星崎の息子と挨拶を交わした。包容力があって周囲のものを全て取り込んでしまうような雰囲気のある父親とは違い、星崎の次男は、ラガーマンのようながっしりとした体格で、真面目で几帳面そうだった。海野は、以前、この新社長を星崎の会社で見かけたことがあった。食品の加工現場に入っていたのだろうか、全身白づくめの服装で星崎と一緒にいた海野に挨拶をしてくれたことがあった。海野は、それが星崎の次男で、新しい社長だとは思いもしなかった。星崎会長は、その後、海野に長男は、専務としてエブリデイグループのマーケティングや新規事業開発などを見ていると教えてくれた。

海野は、星崎の講演の後で、星崎の関心の移り変わりを感じた。星崎は、それまで経営セミナーで話したような自分の生い立ちや会社の発展の歴史を海野に話していたが、講演の後は、自分の住む市の問題を取り上げて海野に話すようになっていた。

星崎の住む前崎市は、岩花県の県庁所在地で人口約50万人の都市であった。星崎の会社は、前崎市で創業して、となりの宮浦市などへと営業圏を拡大していた。宮浦市も人口約50万人の都市で、交通の要所であり、古くから商工業が発達していた。最近は、経済の停滞や人口減少の中にあっても地方の拠点都市として前崎市よりもむしろ勢いのある都市であった。海野が住んでいるのは、これらの二大都市に隣接する人口約10万人の伊岡市で、地方都市のベッドタウンとして地域開発が進んでいた。高校を卒業してアメリカに留学するまでに何度か引っ越しを経験したものの、海野の住所は伊岡市を出ることはなかった。海野は、幼稚園から高校まで伊岡市内の学校に通っていた。それでも海野の生活圏は、どちらかと言えば、となりの前崎市が中心になっていた。

最近は、この前崎市と宮浦市の合併が話題になっていた。星崎会長は、エブリデイグループの営業圏域にある二大都市の合併に賛成していて、人口減少社会を生き延びていくためには合併は避けて通れないと考えているようだった。

数カ月後に前崎市の市長選挙と市議会議員選挙が行われることになっていた。地元の話題は専ら前崎市と宮浦市の合併のことだった。前崎市の現職の市長は、宮浦市との合併に反対していて慎重論を唱えていた。合併推進派の中では、対立市長候補の擁立が模索されていた。それでも保守的な地方都市において10年以上市政をリードして来た現職市長に対する評価と支持は固く、有力な対立候補は見つかっていなかった。

星崎が海野に話す話題は、すっかりこの二大都市の合併論、いわば、**100万人都市構想**と前崎市の市長選挙になっていた。

55　胃ろう、経管栄養の利用者

エブリデイグループの星崎会長の話し相手の仕事、海野ができることを具体的に実行してみようという活動から生まれたオンライン株式投資講座の仕事、そして、ひまわり園での介護の仕事は、海野の生活の中で絶妙なバランスを保っていた。ひまわり園での介護の仕事をコインの表側だとすれば、星崎会長の話し相手やオンライン株式投資講座の仕事は裏側だろう。裏側の仕事を人に内緒で密かにしているというわけではないが、介護の仕事の方が海野が費やす時間が明らかに長く、決して多くはなかったが確実に収入を稼ぐ仕事だった。介護の仕事には、オムツ交換など業務に対する慣れと効率化の課題があった。それは、海野にとって優先度の高いミッションだった。

海野は、介護の仕事を増やして、介護職員としての経験や技能をより一層高めたいと考えていた。海野は、ひまわり園とは別に、月に数回できる夜勤の介護の仕事を探すことにした。

海野は、オムツ交換など業務の効率化の課題を除けば、ひまわり園での介護の仕事自体には大分慣れたようだった。介護の仕事を始めてから1年程の海野にとっては、特に問題はなかったのかもしれない。介護専業ではなく、フルタイムの正規社員でないという立場こそが、海野の介護の仕事における最大の挑戦だったのかもしれない。家計を助けるために介護の仕事をしている、ある意味で、割り切って働いている社員や本業の介護施設の仕事の他に別の施設でも副業をしている社員などと比べると、海野のようなパートタイムの非正規社員は異質なのだろう。介護・福祉の仕事に対するコミットメントの低さ、責任感や集中力のなさを指摘されても仕方がないところである。

海野は、担当セクションの20名程の利用者の介護業務が中心であったが、時々、他のセクションの利用者の介護の仕事をすることがあった。その日の職員が足りずに他のセクションに応援に行くこともあった。また、夜勤では、他のセクションの職員が休憩に入る深夜帯などは、他のセクションの利用者の巡視や介護を行わなければならなかった。日中の他のセクションでの仕事は、そのセクションの他の職員に相談する余裕があった。しかし、夜勤では、ほとんど一人で対応しなければならなかった。海野は、2階の利用者を担当していたため、1階の利用者対応をしている職員と相談をすることができた。それでも、それぞれ本来の担当セクションの他に同じ階の他のセクションの仕事も引き受けていて忙しいため、1階の職員と相談したり協力を求めることは、事故や救急時などに限られた。

海野の担当セクションの利用者は認知症を患っている高齢者が多かったが、生活は比較的自立していた。日常的な見守りが必要でも、大方のことは自分でできる利用者が多かった。食事の席についてもらう、トイレに誘導して便座に座ってもらうなどの介助を行えば、食事や排泄は自分でできる利用者が多かった。

一方で、同じ2階でも他の部署には、胃に穴をあけて直接栄養をとるための「胃ろう」を造設した利用者がいた。ベッドで寝たきりで食事をとる利用者がいた。ベッドからリクライニング式の車椅子に移乗して食事をするためにホールに出てくる利用者でも、胃ろうから経管で栄養をとるだけで、口からは食事を食べない利用者がいた。海野は、胃ろうによる経管栄養の利用者の食事の準備やカテーテルの接続などを行うことはなかったが、オムツ交換や、夜勤時の巡視など、寝たきりになっている胃ろうの利用者に接することがあった。

オムツ交換に関しては、胃ろうの利用者は、海野の声掛けに対して意思表示や反応がない以外は、海野が担当する他の利用者と特に変わらなかった。そのような寝たきりの利用者は、問題行動や抵抗がなく、心理的な負担を除けば、オムツ交換の作業的な負担は軽かった。

胃ろうの利用者に対する海野の負担の多くは心理的、感覚的なものだった。言葉によるコミュニケーションがとれない以上に、海野が強く感じる負担は、経管栄養を利用する利用者が、本当にそのような状態を望んでいるのかという海野自身の中に湧き起こる感覚によるものだった。

それは、海野が半年間働いた高齢者施設で感じた機械浴の利用者に対する感覚と同質のものだった。**海野は、話すことができず、また、身振りなどで意思を表すこともできない上に、口から食事を食べることができず、しかも、時間の経過に伴って回復することやリハビリの努力によって健康を取り戻すことが基本的に不可能な状態で、胃に穴をあけて食事として栄養を注入されることを、恐らく、拒否するだろう。**

自分としては、恐らく、拒絶する状態において、生きているというよりは、生かされている利用者が、海野にとっては、悲しく、残念に思えた。「**かわいそう**」というのが、海野の感覚に一番近い言葉だろう。

『私はね、家族や皆さんが生きていなさいと言えば、生きていますよ。でもね、生きていたくて生きているわけではないんですよ。何時死んでも良いと思っています』海野には、胃ろうで寝たきりの利用者のそんな声が聞こえてくるようだった。

寝たきりの生活で、胃から直接栄養をとっている利用者は、のどにからまる痰などを自分で処理することができずに、吸引器で吸引する必要があった。痰の吸引を行わないことによる窒息、あるいは、肺炎などによる死と隣り合わせで生きている利用者が多かった。胃ろうの利用者の多くは、経管による食事だけではなく、痰の吸引にも注意を払わなければならなかった。

海野は、即座に吸引しなければ利用者が死んでしまうような切迫した状況に直面することはなかったが、利用者の意思や尊厳について、胃ろうの利用者に接する度というよりは、胃ろうの利用者のいる部屋の前を通る度に考えさせられた。

56　介護の修行

海野は、もっと多くの介護を必要とする人々のことを知りたかった。そういう人々と接して、自分に何ができるのか、何をすべきかを知りたかった。それは、あくまでも海野が働く高齢者施設との雇用契約の枠組みの中でのことではあったが、海野には、何か新しい発見があるのではないかという期待があった。海野は、月に2、3回という約束で、ひまわり園とは別の高齢者施設で、夜勤の介護の仕事をすることにした。海野は、自宅から近くて通勤時間が短いことを優先して職場を選んだ。

海野は、新聞に折り込まれている求人広告で介護の夜勤の仕事の募集を見つけた。それまで海野は非営利の団体が運営する施設で働いてきたが、求人広告には企業が運営する施設の求人が多く掲載されていた。企業が運営する高齢者施設は、社会福祉を目的とする非営利の団体が運営する施設とは違っていた。同じように利用者の福祉を目的としていても企業が運営する高齢者施設は、どうしてもお金の臭いがするように感じられる。具体的には、かかる費用を節減したい、利益を上げたいという意識が強いように思われた。福祉としてどうあるべきかという議論の前に、利用者や利用者の家族が好むか、好まないか、そして、お金を払って入居してもらえるかどうかという意識が前面に出てくるようであった。もっとも、それは、そのような意識に余裕があるかないかの違いだけなのかもしれない。

　費用を抑えて、サービスの質を高め量を増やすためには、社員の奉仕が必要になる。会社の収入は、減ることはあっても、大きく伸びることはないだろう。当然、社員の給料も抑えられる。個別に社員の待遇が良いことはあるのかもしれない。それでも、多くは、社員の奉仕と我慢で成り立っているのではないだろうか。海野は、そんなふうに考えた。

　海野にとっては、そんな企業による経営は、賃金が決して高くないことを除けば、むしろ肌には合っていた。給与など雇用条件が厳しいことは、求人募集の広告を見た時に予想できた。海野は、求人欄にあった介護の夜勤スタッフ募集の中から一番通勤しやすそうな会社を選び、電話をかけた。そして、施設の責任者らしい男性職員と電話で話をして、後日、面接を受けることになった。海野は、特に求められなかったが、面接の日に履歴書を持参した。30分ほど、話をして、採用が決まった。試しに働いてみて、良ければ働いて欲しいというような採用だった。

　海野が面接をした相談員をしているという都丸研は、施設のオーナー社長から介護事業の運営を任されているようだった。後から知ったことだが、都丸には妹がいた。その妹の水上麗香が、その施設でケアマネージャーとして働いていて、都丸の介護事業の運営を支えていた。

海野が初めて夜勤に入る日に、その施設のオーナーで社長の大竹正人から雇用契約書を渡された。必要事項を記入して後日提出して欲しいということだった。夜勤1回の報酬は求人広告に書いてあった通りだった。海野は、そこでも1年更新の雇用契約を結ぶことになった。雇用条件には、「ボーナスなし、退職金なし、昇給あり、有給休暇なし」と書かれていた。海野にとって最も気がかりだったのは、連帯保証人を2人必要とされたことだった。一人は海野の父親で良いということだったが、もう一人の保証人として海野は親戚の叔父さんに頼んで保証人になってもらわなければならなかった。海野は、連帯保証人を2人求められると最初から分かっていたら、その会社の面接を受けなかっただろう。海野としては、後味が悪かった。

夜勤の仕事の内容は、慣れればどうということはないのかもしれないが、利用者の夕食と就寝介助の後で、歯ブラシ、コップ、入れ歯の消毒と翌日の朝の準備、おしぼりの洗濯や準備など、覚えなければならない仕事が色々あった。どこの施設でも行っているような裏方の仕事ではあるのだろう。それでも、それぞれの施設で少しずつやり方が違って、その施設ごとのやり方を覚えなければならないことは負担に感じられた。ただでさえ効率の悪い海野の作業を遅らせる原因になった。
海野は、雇用条件が決して良くないことは覚悟していた。海野には、搾取されるような感覚があった。それでも多くの利用者と接して、その利用者ならではの対応を見出し、介護に関わる必要な仕事を覚えて、介護の作業効率を高めなければならない。それらを海野は介護職員として働いていくための修行だと考えた。海野は、とにかく我慢をして、しばらく働こうと心に決めた。海野にとっては、どの施設でも専業ではない。それでいて、さらに仕事を増やして、非効率を抱え込むことにもなる。しかし、それらを全て含めて効率的に働きたいと海野は思った。それが海野が自分自身に課したハードルだった。
その高齢者施設では、夜勤は2人で行うことになっていた。最初の数回は海野に仕事を教えるための指導職員がついたので多少、余裕があった。海野一人で一人前の仕事をするのは厳しかった。夜勤を一緒に組んだ相手にも負担をかけてしまうことになり、海野は申し訳なく思った。それでも、海野としては他に道はなかった。仕方がなかった。

介護の仕事が好きか？　介護の仕事を楽しめるか？

海野は、介護の仕事を続けていく上で、一つの試練になるだろうと考えた。

57　星崎会長の挑戦

非常勤社員である海野は、施設内で研修を受ける機会は限られたが、機会が与えられれば、できる限り前向きに取り組んだ。海野は、ひまわり園で夜勤をするに当たって、利用者の痰の吸引のための研修を受けた。その他にもオムツ交換時のパッドの使い方などについての研修も受けることができた。痰の吸引研修は夜勤をするためには不可欠だった。オムツ交換に関する研修も参考になった。それでも、海野は自分で機会を見つけて勉強する必要があった。与えられるものだけを学ぶのでは足りなかった。

海野が、ひまわり園に転職をして、夜勤に入るようになって介護職員としての経験や技能を高めていこうとしている頃、海野の住む近隣の地域では、二大都市の合併論争が熱を帯びていた。海野が月に2回話し相手になっている星崎会長が話題にするため、海野としても関心が高まっていた。

人口50万人の前崎市と同じく50万人の宮浦市を合併させて１００万人都市を作ろうとする合併推進派は、合併に慎重な前崎市の現職の高桑大輔市長に対抗する候補者として県議会議員を2期務める川本辰雄の擁立を進めていた。それが新聞の一面で大きく報道された。そして数日後には川本が県議を辞職して前崎市長選挙に立候補する意向を固めたと伝えられた。川本は、国会議員秘書を経て県会議員になった将来が期待される40代の政治家だった。川本は、現職の高桑市長と同じ保守系の支持基盤を持つため、保守系の分裂選挙になると話題になった。それでも、川本の若さと立候補準備の遅れは10年以上の市政運営の実績を持つ現職に対して劣勢だという見方が一般的だった。

そんなある日、海野は、エブリデイグループの星崎会長を訪問すると、星崎から言われた。

「海野君、選挙を手伝ってもらえないかな？」

星崎は、前崎市長選挙に立候補するので、海野に選挙を手伝って欲しいということだった。海野は、星崎が2市の合併に賛成していて100万人都市の推進派として前崎市長選挙に強い関心を持っていることは知っていた。星崎が選挙に誰かを出して応援したいのではないかとも感じていた。しかし、海野は星崎自身が立候補するとは思っていなかった。海野は驚いた。

海野は、率直に言って、星崎は市長になれる人格と能力を持っていると思う。しかし、エブリデイグループの社長を息子に譲っているとはいえ、まだ成長が見込める地方企業の舵は、星崎でなければ取れないのではないかという思いもあった。

星崎の選挙事務所は、星崎の友人だという選挙プランナーの橋本卓を迎えて、100万人都市構想推進派の何人かの有力な支持者を中心にして数日で立ち上げられた。海野は、星崎の選挙事務を手伝うことになった。海野は、ひまわり園への出勤前の午前中や仕事が休みの日には、選挙事務所に詰めて、書類作成などの仕事をした。星崎雄二後援会の案内書ができると、入会希望者をパソコンに入力する作業などを何人かのスタッフと手分けをして行った。

また、星崎を代表とする政治団体が設立された。そして、星崎が公約に掲げる「前崎市と宮浦市の合併と100万人都市構想の推進」と、「産業振興と農商工連携」を政策宣伝する街宣車が市内を走るようになった。エブリデイグループの社員やグループと取引のある農業者や取引業者などから運動員が駆り出された。

星崎自身の資金力によるのだろう、星崎の政策宣伝や後援会活動は見た目にとても華やかだった。海野は、場合によれば、現職の高桑市長や県議だった川本にも勝てるのではないかという勢いを感じた。

市長選挙が告示され、海野たちが作成した書類が受理されて、現職と前県議と星崎による三つ巴の戦いが始まった。星崎の評判は悪くはなかった。実績と強い支持基盤を足掛かりに横綱のような選挙戦を展開する現職市長の高桑、若さと行動力を前面に出して自転車で市街を回るなどして草の根の支持を集める川本、企業経営の実績と財力に支えられた星崎の戦いは互角のように見えた。海野は、前崎市民ではなかったが、誰が勝ってもおかしくないと思った。

1週間の選挙戦の結果、若さと県議としての実績のある川本が僅差で現職の高桑を抑えて当選した。海野が応援した星崎は、選挙戦は互角のようであったが投票数では2人に大きく引き離される結果となった。星崎の参戦は、結果として、二大都市の合併論争において合併推進派を後押しして、県議として政治の実績があり、将来が期待される川本の支持を押し上げたようだった。川本が、若さと柔軟さを武器に無党派層の支持を広げたことも勝因とされた。

星崎は、当選には及ばなかったが、自身の信念を精一杯訴え、選挙戦を終えて晴れ晴れとしていた。達成感からか、海野には、70代の星崎が新市長として当選した40代の川本よりも少し年上くらいに見えた。落選した60代の現職の高桑市長よりは、若く見えた。海野は、市長選挙を終えた星崎に対して、市民が実業家としての活躍を期待しているように感じた。

前崎市の市長選挙が終わり、お祭りに担ぎ出されたように慌ただしかった海野の生活は平常を取り戻そうとしていた。しかし、そんな矢先に、今度は、海野が住む伊岡市における官製談合が話題になった。公民館の建設において、市の建設部長が業者に入札情報を漏らした疑いが持たれ、建設部長と受注業者の社長が逮捕される事件が発生した。報道では、市長の関与も疑われていた。

58 海野の決意

海野の生活は、星崎会長による市長選挙という降って湧いたような出来事によって大きく揺れた。海野の生活の多くの時間は星崎会長の立候補準備と選挙運動に費やされたが、海野の介護の仕事は勤務表に従って規則正しく行われた。隣の市の選挙でもあり、海野の介護の仕事が変わることはなかった。海野の頭の中では、毎回、オムツ交換の開始とともにストップウォッチが押され、オムツ交換の時間が正確に測定されているような緊張感があった。毎回、決められた利用者のオムツ交換を決められたように行っていても、利用者の状態が同じことはなかった。利用者の体調、精神状態、そして排便・排尿の状態は何時も違った。それらへの対応の良し悪しは、決してストップウォッチで計測できるものではなかった。それでも「時間のかかり方」は、その時々の海野の対応の適否を判断する重要な要素になっていた。

海野の担当部署の利用者である石坂武夫さんは、ベッドで寝ていても尿意を催すとベッド上でパンツを下ろして用を足してしまうことがあった。本人には悪気はないようだった。

尿意を感じると、トイレに行って、便器に向かって排尿をするという習慣に従うかのように、石坂さんは、ベッド上であってもパンツを下ろして用を足すという行動を繰り返していた。石坂さんは、無口であったが、簡単な受け答えはできた。歩くのは不安定だったが、車椅子に乗ってトイレに行けば、手すりにつかまって立ち上がり、便座に座って用を足すことができた。それでも、石坂さんは、ベッド上での排尿を何度注意しても改善することはなかった。トイレに行きたい時はナースコールを押してくれれば良いのだが、それを促しても、石坂さんはナースコールを押すことはなかった。石坂さんは、尿瓶なども使いたがらなかった。石坂さんは夜間はオムツを着用していた。しかし、夜間もオムツを外してベッド上で用を足してしまうことが一晩に数回あった。このため日中は1、2回、夜間は数回、衣服を濡らしてしまい更衣をすることがあった。

石坂さんのこのような行動は、認知機能の障害によるもので、職員の対応とは必ずしも関係がないようだった。それでも、海野は、職員との関わりにおける石坂さんの不安感や職員に負担をかけたくないというような石坂さんの意識が、自らベッド上で用を足す行動につながっているのではないかという仮説を持っていた。海野は、タイミング良く石坂さんをトイレに誘導することができたか、また、石坂さんが不安などを感じることなくベッド上で過ごすことができたかを担当セクションで仕事をする上での自己評価の指標としていた。

海野の住む伊岡市における談合事件は、市の建設部長と入札業者の社長が逮捕され、連日のように報道された。地元の関心は高まった。海野がかかりつけの床屋に行っても、話題は、市で起きた談合事件についての憶測で持ち切りだった。

投資会社で働いていたことのある海野にとっては、市場における適正な価格形成は重要な関心事だった。市場経済では、権威ある誰かが価格を決めるのではなく、公平公正な市場において需要と供給に従って価格は自由に決まることになっている。災害や事故によって市場が混乱することもあるため公的な監視や一時的な介入は必要でも、自由な価格形成を妨げるものは「悪」と考えられた。

個人の契約であればお互いの合意で価格は決まるが、税金を財源とする市の契約では価格の適正さや取り引きの透明性が問われる。

談合では、業者が話し合って受注業者や受注価格を決めて、本来は公平で公正であるべき価格形成を歪めて、特定の業者に不正に利益を誘導することになる。業者が話し合って円満に決めることにどんな問題があるかと言えば、その話し合いに参加できない業者が締め出されてしまうこと、また、既存の力関係によって利益誘導が行われ、健全な競争、創意工夫や努力が生まれず、業者間の力関係が固定され兼ねないことなどである。

政治やそのための選挙では、特定の政治家、特に首長など重大な権限を持つ政治家の選挙において、支援業者に対して謝礼として利益誘導が行われることがある。公共の利益のための政治や選挙ではなく、特定の業者の利益や特定の利権団体のための政治や選挙であってはならない。

政治やそのための選挙にも金はかかる。一定の支持や支援が不可欠である。そのような中で、関係が固定化して偏った利益誘導が行われやすいことは否定できないだろう。それでも、公共の福祉を実現するためには、公平、公正な市民の判断が必要だろう。

海野には、誤った習慣のために市政が歪められ、業者間の近視眼的な利益のやり繰りによって、市や地域社会の発展が損なわれるようなことがあってはいけないという正義感があった。

不正をなくし、適正な地域経済の発展、より良い地域社会づくりのために自らの知識、経験、能力が活かせるのであれば、活かしたいと海野は思っていた。

59　海野、立つ

海野の住む伊岡市の談合事件は、市長の関与が疑われていた。建設部長が市長の指示で公民館建設工事の入札情報を落札した業者に漏らしたのだろうとささやかれていた。公民館の建設工事を落札した業者の社長は、市長の長年の支持者だった。伊岡市が1市、1町、1村の合併によって誕生した10年程前に、まだ町長だった阿久沢定吉市長の後援会長をしていたのだという。阿久沢市長は、市議会から官製談合への関与を追及されていたが、関与を否定し続けていた。検察の捜査に対して建設部長と落札業者の社長は、阿久沢市長の関与に言及することはなかった。

数カ月間、官製談合への関与を否定し続けた阿久沢市長が突然、関与を認め辞職する意向が伝えられた。市政が混乱する中で、阿久沢市長の辞職に伴う市長選挙のための立候補予定者説明会が開催されることになった。県の総務部長を務めた高山豊と市議会議長である棚村仁の一騎打ちの市長選挙が予想された。また、棚村の議員辞職に伴う市議会議員の補欠選挙が行われることになった。市議会議員の補欠選挙には、元職の植木信弘が立候補の意思を示していた。他に立候補希望者はなく、無投票で選出されるのではないかというのが市民の専らの噂だった。

市議会議員の補欠選挙の立候補予定者説明会が開催された。海野は、星崎会長の市長選挙の後で政治に関心を持っていた。偶然にも立候補予定者説明会の日にひまわり園の仕事が休みであったため、海野は、純粋な興味と関心に従って、説明会に参加して話を聞いてみることにした。海野が、市役所を訪れるのは、星崎会長と会った市の環境セミナーに参加した時以来だった。海野は、軽い気持ちで市役所を訪れたが、厳粛な雰囲気の中で市の職員などの説明を聞いた。海野は、星崎会長の市長選挙の事務に関わっていたため立候補のための準備や注意事項についておよそ頭に入っていた。

翌日、市長選挙の立候補予定者の報道と一緒に、前日に開催された市議会議員補欠選挙の説明会への参加状況が伝えられた。そこには、立候補予定者として「植木信弘（70歳）元市議」と並んで「海野総一（29歳）自営業」と海野の名前が書かれていた。海野は、立候補予定者説明会の会場で、新聞社の腕章を付けた記者に、呼び止められた。海野は純粋に市議会議員という仕事がどういう仕事なのか、そして立候補のための準備や手続きに何が必要なのかを知りたいと思っていた。立候補意思の固まっていない海野にとって「立候補予定者説明会」に参加することは必ずしも適切ではなかったかもしれない。しかし、海野の疑問に答えてくれる機会は「立候補予定者説明会」だけのようだった。海野は、記者からの問い合わせに、率直に、準備ができれば立候補したいと考えていることを伝えた。新聞の報道では、すっかり立候補予定者として報道されているようで、海野は驚いた。海野は、受付で自らの職業について「自営業」と書いていた。ひまわり園の非常勤社員であることは海野の職業の大半を説明していても全てではない。それが新聞ではそのまま紹介された。

新聞の報道を受けて、海野の携帯電話には友人や知人からの問い合わせが殺到した。総じて「お前は何を考えているんだ」「何の経験もないのに何ができるんだ」という批判的な意見が多かったようだ。海野は、学生時代から仲の良かった友人に連絡をして相談をした。海野のアメリカ留学時代の友人は日本にはほとんどいない。高校までの友人の多くは県外に出ているか、地元にいても前崎市や宮浦市などに住んでいる友人が多かった。しかも、公務員や教員をしている友人が多く、海野の選挙を手伝えないという友人ばかりだった。

海野は、星崎会長の市長選挙の経験から、「元気な伊岡をつくる会」という団体をつくり、海野の簡単なプロフィールを裏面に印刷した名刺を5000枚印刷した。海野の高校のテニス部の先輩が県会議員の金山剛を紹介してくれた。金山は海野に街頭演説や後援会活動について色々助言してくれた。

海野は、金山に言われたように朝の街角に立って演説をしてみることにした。朝の街角に立つと、海野は「この人は誰だ？」という視線を感じた。それでも、海野の名前は新聞で市議会議員補欠選挙の立候補予定者として報道されていたため、おぼろげながら理解されていたようだった。時々、「何をしているんですか？」と直接聞かれて、海野は回答に困ることがあった。

伊岡市で起きた官製談合事件、それによる市長選挙との関係で、海野を市長候補者として見ている市民もいるようだった。海野は、談合がなぜいけないのか、市の契約がどうあるべきかをインターネットで買い求めた拡声器を使って街頭で説明した。

海野にとっては、選挙に立候補したい、選挙で当選したいという気持ちよりも、自分の生まれ育った伊岡市にどんな問題があって、それらをどのように解決できるかを知りたい、考えたいという気持ちが強かった。海野には、伊岡市の問題を解決できるだろうという自信が少なからずあった。

近所の人、友人や知人に名刺を配って挨拶をすると、日頃感じている市に対する不安や不満、要望を話してくれる人は少なくなかった。朝の街角に立っていても車でクラクションを鳴らして応援してくれる人や「頑張って下さい」と声をかけてくれる市民がいた。

海野は、ほとんど自分一人で立候補の準備を進めた。立候補の準備はしているが、作成した書類を提出するかどうかは告示日の海野の気分次第という側面があった。海野を熱心に応援してくれたのはリサだけだったかもしれない。リサは、勤めている店の社員にボーイフレンドの海野のことを紹介してくれた。海野は、ひまわり園や半年程前に始めた介護の夜勤の仕事を休んで地域を回った。

海野は、ひまわり園での仕事に加えて、新たに始めた介護の夜勤の仕事では、少量の排尿でもその都度職員を呼んでパッド交換を求めるおばあちゃんや、夜中にベッドから車椅子に移って廊下を徘徊するおじいちゃんなどの対応に慣れてきたところだった。介護の仕事を休むことは残念だったが、地元を回る活動は、新たな出会いや発見が多く、海野の約1カ月間の活動は充実していた。海野の高校の同級生であるひまわり園の石関も「陰ながら応援する」と言って、海野の立候補準備を応援してくれた。

海野は、介護の仕事で日頃関わっている「高齢者福祉の充実」、少子化が進む中での「子育て支援」、働く世代の「働く場所の確保と処遇改善」などを訴える政策パンフレットを作成して、配った。

海野は、談合など不正の解消の他に、地元で関心が高かった給食問題を取り上げて、給食センターでの大規模な共同調理ではなく学校ごとの給食の個別調理の推進を訴えた。小中学校の再編統合の推進、健康づくりやスポーツの振興なども取り上げた。そして、地元で計画されていた運動公園の建設に対して、本格的なスポーツ使用に応え、市民の憩いの場となる施設整備を求めた。経営難の市立病院の再建、地域医療にとどまらない市民サービスや生涯学習の拡充なども政策に盛り込んだ。

1週間後の市長選挙と同時に行われる市議会議員の補欠選挙の選挙運動は、日曜日の朝9時過ぎに始まった。市内200カ所の選挙用ポスター掲示板の掲示番号が決まり、「元気な伊岡をつくる！」と書かれた海野の選挙用ポスターが一斉に貼り出されることになった。2人の候補者の中で、海野のポスターの掲示番号は1番だった。

市内200カ所のポスター貼りは、リサが仕事を休んで手伝ってくれた。あまり乗り気ではなかった海野の友人達に対して、リサは友人や知人を10人ほど集めて協力してくれた。担当地区を決め、それぞれにポスターとポスターの掲示板がある場所の地図を割り振った。リサは、海野の選挙事務所において実質的に選挙対策部長の役割を担っていた。リサは、仕事の合間を見つけて、海野の選挙活動に対して細かい気遣いをしてくれた。

海野は、友人が紹介してくれたウグイス嬢2人を選挙カーに乗せて市内を遊説して回った。海野がマイクを取って走る車の中から演説していると「何を言っているか分からない」「もっとウグイス嬢に海野の名前を連呼させろ」という海野の支持者からの声が寄せられた。

1週間の選挙戦の後、海野は元職の植木に2千票の差をつけて当選した。アメリカの短期大学卒業という海野の少し変わった学歴とまだ20代という若さが買われての当選であった。市長には接戦の末、県の部長を経験した高山が市議会議長だった棚村を抑えて当選した。

海野は、開票終了後、翌日に市役所で行われた当選証書授与式の案内を受け取った。式では、新市長の高山の後で、市議会議員の当選証書を受け取り、スーツの襟元に赤紫色の議員バッジを付けてもらった。

市議会議員に当選した海野は、ひまわり園や新しい介護の夜勤の仕事を続けていけるか分からなかった。介護の仕事は嫌いではなかったので、できれば続けたかったが、市議会議員として市民から重い責任を託された以上、市議会議員としての仕事を優先しなければならなかった。

海野は市議会議員としての仕事には特に不安を感じていなかった。海野には議員の仕事が向いているようだった。市議会議員として残された任期は2年であったが、海野には今後も長く続けていけるだろうという楽観があった。市議会議員の補欠選挙において新市長よりも多く市民の支持を集めたことが、仇になることなどは予想もしなかった。

海野が気がかりだったのは、リサのことだった。リサは、友達がどんどん結婚していって独身の友達が少なくなっていることを嘆いていた。海野は、介護の仕事でも選挙でも何時も自分のことを支えてくれるリサをかけがえがなく、とても愛おしく思った。海野は、近隣の一番高いビルの展望台にリサを誘ってプロポーズをした。海野の言葉は、とてもシンプルなものだった。リサは「はい」と言って笑顔でうなずいた。

あとがき

『チャレンジ　介護士篇』を最後までお読みいただき、ありがとうございます。私が、8年前に介護の仕事を始めてから経験したこと、考えたこと、学んできたことを一つのストーリーとしてまとめる試みにお付き合いいただいた皆様に、心より感謝いたします。

ここに登場する人物は、実在しません。それぞれにモデルとなる人物は存在しますが、一人の登場人物には複数の人物像が投影されています。むしろ、共通点を持つ人物は多いのではないかと思いますが、特定の誰かのことではありません。また、そのような人物を非難するものでも、賞賛するものでもありません。登場人物の多くは名前を紹介していますが、仮に同じ名前の方がいたとしても、決して、その方のことではありません。

私自身、介護・福祉の仕事に関心を持ち、主人公の海野総一と共通するような事情もあり、介護・福祉の仕事を始めることになりました。率直に言って、介護の仕事は、誰でもできる仕事、むしろ、誰にでもできなければいけない仕事なのだろうと思います。しかし、それを職業とするには、相応の覚悟が必要でしょう。仕事として対価をもらうためには、仕事に慣れ、熟達することが求められるでしょう。向き、不向きも、当然あるでしょう。

スピードが全てではありませんが、オムツ交換を適切、丁寧、かつ迅速に行える余裕は、トイレ、食事、入浴、移動・移乗などにおける良好な介助と同様に、利用者に対するサービスの質を高め幅を広げるでしょう。オムツ交換やトイレ介助が適切に行えないのに利用者の福祉や生活の質を語ることは無理があるかもしれません。

一方で、高齢化が進み、高齢者の福祉が求められる現代において、なくてはならない介護・福祉の仕事は、決して待遇が良いものではありません。全産業の平均に比べて月10万円近く安いとされる介護職員の給与。その原因は何でしょうか？　介護職員の知識や能力の低さが理由ではないでしょう。誰でもできる仕事でも、誰かがしなければならない仕事、しかも、相当な質と効率が求められる仕事です。

介護職員の給与が低い理由は、経営の問題、人事評価の問題などを除けば、介護職員や職員を代表する法人が、より良いサービスに対してより高い報酬を求めることができないからでしょう。介護報酬は国が決めていて、より良いサービスに対してより高い報酬を得ることはできません。裕福な資産家等を対象とする特別な介護サービスを除けば、民間の介護事業者でも介護保険サービスの利用者負担分が実質的な基準価格となるでしょう。

結局のところ、介護サービスの単価は決まっていて、自己負担割合が3割の所得の高い利用者であっても、介護サービスの事業者が受け取る単価が通常の利用者の3倍になることはありません。経営的な優劣はあっても、職員の給与の原資となる法人の収入は大きく増えることはなく、職員は、全体的には、奉仕の精神で働くか、我慢をするかしかないでしょう。そして、まさに、その奉仕の精神や職員の我慢が介護サービスを支えていると言っても過言ではないでしょう。

北欧のような高負担高福祉の社会を実現するなどして、介護職員を公務員・準公務員とする、あるいは、税金も含めて介護職員の生活費負担を軽減するなどの対策がなければ、介護職員の待遇が抜本的に改善することはないでしょう。特別処遇改善加算の導入などによって改善はあるとしても、職員間の競争や評価の見直しによって特定の職員の給与を引き上げる方法では足りないと思います。介護・福祉業界の給与水準の底上げが必要でしょう。他に良い方法があるとしても、そんな議論の材料やきっかけが提供できれば良いと思います。

ここにまとめた、私のささやかな経験や思考が、介護職員の処遇の改善や介護・福祉事業の拡充、さらには、社会の発展や人々の幸せのために少しでも役立つことを願っています。

『チャレンジ　介護士篇』を東京図書出版から出版していただくために、新型コロナウイルスの感染拡大被害に対する優遇を受け、クラウドファンディング（ＣＡＭＰＦＩＲＥ）

を実施しました。新田純子さん（川崎市）をはじめ22名の皆様からご支援頂きました。中央大学ビジネススクール教授の真野俊樹先生からは貴重なご助言を頂きました。原稿の編集・校正では出版事業部の皆さんにお世話になりました。ここに改めて心より感謝申し上げます。ありがとうございました。

２０２１年５月吉日

いのくま　あつし

いのくま　あつし

経営コンサルタント。介護福祉士。ボストン大学大学院修了。著書に『ベンチャーマネジメント』（日本評論社）などがある。

チャレンジ　介護士篇

2021年6月16日　初版第1刷発行

著　　者　いのくま あつし
発 行 者　中 田 典 昭
発 行 所　東京図書出版
発行発売　株式会社 リフレ出版
〒113-0021　東京都文京区本駒込 3-10-4
電話（03）3823-9171　FAX 0120-41-8080
印　　刷　株式会社 ブレイン

ISBN978-4-86641-415-7 C0093
Printed in Japan 2021